万有引力
GRAVITARE

关 怀 现 实， 沟 通 学 术 与 大 众

医院是座动物园

王戈多——著

SPM 南方传媒 广东人民出版社
· 广州 ·

图书在版编目（CIP）数据

医院是座动物园 / 王戈多著. —广州：广东人民出版社，2024.6
（万有引力书系）
ISBN 978-7-218-17516-4

Ⅰ.①医…　Ⅱ.①王…　Ⅲ.①纪实文学—中国—当代　Ⅳ.①I25

中国国家版本馆CIP数据核字（2024）第075118号

YIYUAN SHI ZUO DONGWUYUAN
医 院 是 座 动 物 园
王戈多　著

出 版 人：肖风华

丛书主编：施　勇　钱　丰
责任编辑：陈　晔　黄炜芝
特约编辑：李恩杰
营销编辑：张静智　张　哲
责任技编：吴彦斌
特邀合作：番茄出版

出版发行：广东人民出版社
地　　址：广州市越秀区大沙头四马路10号（邮政编码：510199）
电　　话：（020）85716809（总编室）
传　　真：（020）83289585
网　　址：http://www.gdpph.com
印　　刷：广州市豪威彩色印务有限公司
开　　本：889毫米×1194毫米　1/32
印　　张：9.5　　　字　　数：160千
版　　次：2024年6月第1版
印　　次：2024年6月第1次印刷
定　　价：56.00元

如发现印装质量问题，影响阅读，请与出版社（020-85716849）联系调换。
售书热线：（020）87716172

本书故事纯属非虚构

PREFACE

自序

2009年是我人生的一次重大转折，那年我硕士研究生毕业，由于本硕都是新闻专业，所以一直想成为“铁肩担道义，妙手著文章”的记者，但谁知阴差阳错入职了一家医院。

在一个业务门槛极高的单位做行政工作，既痛苦，又新奇。痛苦的是和医生们聊业务时如听天书，需要他们用打比方的方式我才能明白九牛之一毛；新奇的是无论他们讲什么，我都觉得是一个全新的领域，还惊讶于他们每天接触那么多的阴暗和不堪居然还心怀阳光。

我先是在医院办公室工作，后来调到了宣传部门，因为宣传工作的需要，我有更多机会跑临床跟医生们打交道，记录下那些与人性和命运有关的故事。

记得第一次进手术室，是去给一台“心脏不停跳搭桥”手术录制视频。我一直觉得手术室是医院最神秘之地，不仅因为它本身极高的无菌要求，更因为医院七十八个手术室每天都上演着生死之战。从换衣间开始，我就无所适从，一位医生手把手教我如何脱鞋、换衣…… 整个过程十分烦琐（他们有针对术前换衣准备的专门考试）。刚到手术室自动感应门前，就透过玻璃看到一条血柱直飙房顶，医生教训助手：慌什么慌，稳住！他戴着显微眼镜淡定地给病人止血，继续手术进程。你们无法想象当时的情形给我带来的震撼——那可是我亲眼见一个人的鲜血喷溅到房顶！

很多人说医生不能共情，其实他们也是普通人，在生活中也有七情六欲，但是容易共情的医生很难成为一个好医生，职业特点决定了他们必须冷静，必须站在一个超然的位置看待这一切，才能更好地治病救人。年长的医生们往往人情练达，基本上患者说一句话他们就知道后面要说什么，话背后隐藏的又是什么。医生往往是同侪里高考分数最高的那一批，智商超群，又每天跟形形色色的病人接触，故而世事早已看透，又常常不计较，基本不会多说些什么。

这本书里面的故事，一些是医护人员所讲，一些是我亲朋好友、熟识之人的经历，还有很多来自总值班时所见。医院的总值班是一种很重要的制度设计，像我们这种级别的医院，建院几十年来天天二十四小时不停不歇，晚上门诊休息，但急诊依然运行，病房依然运行，手术室依然运行，水电暖依然运行——总值班就相当于非工作时间的行政中枢，任何临床解决不了的问题都需要总值班来解决，大到应急救援队的启用，小到水管漏水的维修处理。用医院办公室主任的话说，在非工作时间，总值班履行的就是院长的职责，所以对年轻干部的培养意义非凡。对我个人而言，很多处理急务的能力都是在总值班期间培养的。

我们医院总值班有一个优良传统，就是不往外推病人。有时候个别年轻医生不负责任，尤其在夜班遇到棘手的患者，不想半夜手术，就找个借口让患者到其他医院救治。而我们医院规定，这种情况必须总值班签字才行，需要综合判断，除非医院没有救治能力，否则该借床借床，该摇人摇人。这就使总值班能近距离接触患者，所以我一向喜欢看总值班日志，里面记录的很多故事都千奇百怪。

还有一些故事，跟我下乡的经历有关。2017年6月，受医院委派，我在忻州开启为期两年的下乡帮扶行动。虽然我童年在农村生活度过，但离开时尚小，农村还是记忆中的故园，还是“莫道农家腊酒浑”的温暖之地。在村子担任“第一书记”后，看到的却是另外一番不同的景象。农民们会因为一角钱提起铁叉互相拼命，更会因为谁家先浇地大打出手，“恨你有，笑你无”更是一种常态。刚开始是有一点不理解，但随着与乡民的接触愈发深入，发现自己看到的只是表层。

乡民们的正义感非常强烈，村里有个五保户已经符合脱贫标准，按文件指示要做脱贫处理。有三五户平时很难说话的乡民专门找我提出反对意见，说一旦成了脱贫户，这个五保户家没有壮劳力，如果再没有国家补助，还是会返贫，他是村里真正的可怜人。最后折中处理，给他办了脱贫户手续，但保留五保户资格，日常用度由村委会负担。我和这几户乡民聊天，他们说对于农民来说，干部只要做到公平、公正、公开，大家都不会有意见，就怕你们暗箱操作，亲贵厚友。

两年两个月零八天的下乡经历，让我对农村和农民有了重新的认识。农民尽管总会有一些毛病，但我想《七武士》里菊千代说的话足以让我们觉得情有可原："所谓农民最吝啬，最狡猾，懦弱，坏心肠，低能，是杀人鬼。但是呢，是谁让他们变成这样子的？是你们，是你们武士，你们都去死！为打仗而烧村，蹂躏田地，恣意劳役，凌辱妇女，杀反抗者，你叫农民怎么办？他们应该怎么办！"

现代医学什么都好，就是太费钱，这是行业特性，一台核磁共振机器一千多万，一台直线加速器两千多万，一种药物动辄研发费用几个亿、几十个亿，而这些成本最后都是要分摊到病人头上的，这就使医院成为一个"销金窟"。

尤其是看着我服务过的村民住院时，我更是无奈、心痛，他们本就没多少收入，住一次院就要花掉一年、五年、十年，甚至一辈子的积蓄，还好那几年有医保“136”政策（这是山西当地的医保政策，针对建档立卡的贫困户，在县级医院看病封顶1000元，市级医院看病封顶3000元，省级医院看病封顶6000元，超出部分由医院统筹负担），让贫困户医疗上的负担减轻了不少。

书中所选的，只是我写的一百多篇故事中的一部分，斟酌再三，还是剔除了一些过于离奇、残忍和灰暗的故事。由于很多病症和故事涉及个人隐私，所以人名多用化名，为了符合社会主流价值观，个别情节也做了处理。

在本书中，我往往以形形色色的动物喻人，这是脑海中一种不自觉的浮现，绝无不敬之意。在与生死相关的场景下，诸多患者及家属的各种表现总让我不由自主心生悲悯；那些状态、那些姿势、那些神情，在与一些动物形象的重叠中，我感受到了一种神性。有时候我觉得放松和欣慰，有时候我感到困惑和悲哀。我永远也忘不了，孙志敏躺在治疗床上，口中像濒死的鱼一样吐着泡泡的情景（《一个毒贩的非正常死亡》)。“天地不仁，以万物为刍狗”，我不知道老天为什么要让那么多人经历疾病困苦，经历生离死别，经历人间种种磨炼。我希望有一个新的时代来临，人们能够告别疾病，告别痛苦——我深知不切实际，但这种愿望却又那么强烈、绵长。

转眼间在医院工作已十五年有余，这里安置着我的青春，我庆幸于初入社会，就踏进了这样一个浩瀚、复杂的世界，使我看多了人性的光辉与黑暗，高贵与卑微，看多了众生的喧闹和悲鸣，无力和遗憾。成为一名父亲以后，我对孩子的要求特别“佛系”，人仅此一生，健康、快乐就好。

最后，要感谢曾经的老马主任，是他带我入行；感谢李阿姨，是她让我多和临床接触；感谢玉哥，是他一直鼓励我将这些故事写下来；最要感谢的是李教授，他是我的人生导师，教了我很多做人做事的道理，一些疑难不决的事情都得益于他的指点。此外还要感谢各位医生和护士，这些年来没少给他们添麻烦，谢谢他们给我讲述的那些故事；也要感谢父母和妻子对我工作的无私支持；最后要感谢老鬼同志对我书稿的不吝推荐和李恩杰编辑的辛苦付出。

由于非学医出身，书中对一些疾病的描述有的可能并不是特别准确，但大体应该没问题，不妥之处也敬请各位读者批评和谅解。

目录

动物园

■ 人世间

动物园

社会活动家李大郎

—

薛定谔的猫

大郎和我是大学同学，因为他身高一米六二，而当时的女朋友身高一米八三，并且长得非常漂亮，我们就给他起了这样一个戏谑的外号。

大郎是典型的社会活动家，上学那会儿就开录像厅、倒腾电话卡、贩鞋、卖打口碟，有时候还附庸风雅，请一些编剧、作家去学校给我们讲课，在我们中间完全是神人一般的存在。当我们还是穷酸学生的时候，大郎已经可以日入几百元，妥妥的成功人士。

毕业后，我们各奔东西，再未见过面，我只知道他去深圳开了一家文化公司，主要业务是签编剧、卖剧本。

2017年冬天，我下乡扶贫，大郎给我打电话，说他和媳妇来太原了，要我请他们吃饭。我说我还在繁峙，他说那就在五台山见。再次见到大郎，我发现他已经跟当年完全不同了，之前满身青春活力，精神头非常好，如今却满脸沧桑，媳妇也很憔悴。我问：哥们儿，怎么十来年把自己搞成这个样子了？

2006年毕业后，大郎在深圳事业顺利。2010年前后，他总是感觉右肋疼痛，以为是胆囊炎，吃了点抗生素，但一直不见好转，就去了当地某知名医院，医生让去做一个增强腹部CT。结果出来后，发现肝上有占位。大郎不懂啥是占位。医生说：情况不好，占位就是肿瘤，就是肝癌，叫家属吧。

媳妇到了医院，医生告诉他们，要想明确是不是肝癌，金标准是通过住院穿刺取活检。随后，两人被医生拿出来的取活检情况告知书吓了一大跳。尽管医生说这仅仅是可能而已，不用太担心，但夫妻俩一合计：如果是肝癌，没得救，无非挂着管子延长几年生命；如果不是肝癌，因为检查发生感染挂掉，得不偿失。之后俩人办理出院，卖掉公司，又卖掉了深圳的房子，开始各地旅行，想着不能延长生命的长度，就拓展生命的宽度吧。

我说：大哥，你这是什么神仙逻辑？穿刺活检的风险极低，再说，吃米饭都有可能噎死呢。大郎这不就是薛定谔的猫吗——只要不检查，他就永远不知道那是不是癌症，他永远不知道自己会短时间内死去还是继续活着。他说：右肋还偶尔疼，忍一忍就能好一段时间，但是痛感是越来越明显，估计开始转移了。说这话的时候，他嘿嘿自嘲。

那个冬天，我硬生生把他按在了太原，住到我们医院做了个肝脏活检。医生说：一个坏消息，确实是瘤子；一个好消息，不是癌症；另外一个坏消息，尽管良性，但因为肿瘤太大了，需要做右半肝切除。手术出院后，我俩小酌了一丢丢。我问他：这些年旅行花了多少钱？他笑着说：你想呀，2010年深圳一套房，一平两三万，现在七八万。我问他后不后悔，他说：这有啥后悔的？命在就行，钱都是身外之物，这些年都看够了，阿尔卑斯的雪，东非大裂谷，南极的企鹅，北极的熊，不枉此生了。我说，那就好！

几年后的某天，他媳妇从深圳给我打电话，说大郎过世了。我问咋回事，她说前一天晚上喝了场大酒，心梗。

乞丐哲学家

—

骏马远驰

阿三是通过急诊绿色通道进来的一个“三无”病人——无身份信息，无家属陪同，无法交流沟通。我见到他时，他整个人就跟血人一样。同行的是几个拾荒的，向他们了解情况后得知，阿三还不如他们：他们只是拾荒，阿三除拾荒外，还得靠乞讨才能勉强维持生活。我想联系阿三家属，但他们也不知道阿三的具体情况，阿三和他们只是在一个屋子住，大家各自的底细，谁也没有多深的了解。

阿三受伤是因为拾荒时掉进了一个废弃的土坑里。土坑不深，但里面满是碎玻璃。医院骨科、血管外科医生看了，说他情况看似夸张，实则不严重，主要是身上的划伤太多，需要慢慢清理，有昏迷症状是因为惊吓和失血过多。医生仔细检查了全身的伤口，发现最严重的是左手腕的一处，就跟被刀割一样，达七厘米长。整整一晚上，骨科和血管外科医生不断清理伤口，缝合，清理伤口，缝合，最后把人缝得像一个花粽子。

第二天，拾荒者们送来了阿三的身份证。我试着联系当地派出所，派出所又帮忙联系村委会，很快联系上了。村委会主任告诉我，阿三已经离家出走五六年，家里有父母，有兄弟姐妹，之后又给了我他家里的联系方式。

我给阿三的父亲打电话，对方一听是外地口音，直接挂掉，发短信也不回。之后又打电话，对方直接说，我们的儿子已经死了，不要联系我们，住院费我们一分也不会出。又给阿三的兄弟姐妹们打电话，只有他的一个妹妹说：哥，我现在条件也不好，离得实在太远，我微信给您转上两千块钱，算给我哥的医药费，我只能尽到这步了。我问妹妹阿三为什么和父母兄弟关系这么紧张，妹妹沉默不语。

隔天下午我去找阿三，他已经苏醒了，身上贴着各种敷料。我把联系家人的情况跟阿三说了，阿三说：您费心了，医药费我随后给您补齐。他给他的同行打了个电话，同行很快给他送来一个塑料袋，里面有张银行卡。阿三说：我不会用微信什么的，还得麻烦护士帮忙去取钱。整个交谈的过程中，阿三谈吐得当，很明显上过学。正好护士需要签字，阿三写下了自己的名字，笔力遒劲。我问阿三：你是不是上过学？阿三脸上突然有了光，整个人身板都硬朗了许多，就像骏马看见了久违的草原。他说自己大学学的是哲学。

几天以后，阿三顺利出院。出院的第二天，照顾过阿三的医生、护士，还有我，手机里突然都多出了三百元话费。我给阿三打电话，阿三说权当是救命之恩的谢意。我说：阿三，我们年纪相仿，不论以前发生过什么，你都要放下，好好生活。阿三说：我现在不就挺好？我只不过不屑于世俗的成功而已，我自食其力，都挺好。

后来，我就再也没见过阿三，这个头发花白、面容消瘦的男人，接受过高等教育却选择沉默的男人，偶尔像一匹骏马一样光芒四射的男人。

“牢不可破”的友谊

—

壁虎断尾

2010年10月4日，医务处处长清晰地记着这一天。

那天早晨，他结束晨跑，就去急诊科例行看看急诊周转情况。他说自己刚进门，就感觉眼晕，以为自己还没醒。他看到一个小伙子在候诊区坐着，一根筷子粗、半米长的钢筋从鼻翼左下方插入，后脑钻出。他揉了揉眼睛，仔细一看，并不是没睡醒，眼前就是这么一个活生生的伤者。令他吃惊的是，身受重伤的小伙子不仅意识清醒，也没有任何不适症状。

小伙子姓赵，出生于晋中某地农村，少年时就出来打工。那年他二十八岁，跟同村一个小伙子小李、一个姑娘小张在晋中互相照应，就跟一家人一样。小赵和小李从小一起长大，小赵觉得他们的友谊牢不可破，可以把命放在对方的手上。他聊起儿时的回忆，自己走在残墙上，闭着眼睛，想象自己会飞一般，小李则在旁边拉着他的手，防止他从墙头摔下。

小赵和小李在城里的工地做捆钢筋、和水泥、递砖之类的小工，小张在饭店当服务员，三人一起租住在城中村，比邻而居。后来小赵和小张确定了恋爱关系，搬到一起住，三个人仍然经常一起玩。再后来，不知道为什么，小赵总觉得小张和小李看对方的眼神不对，至于为什么不对，他不愿意去猜测。直到10月3日，他决定道破这一切。

那天，由于是国庆节假期，他们决定中午一起聚餐。小赵做了几个家乡菜，三人一起喝酒聊天。小李和小赵喝了很多酒，小张在旁边看着，觉得自己是世界上最幸福的人。这顿酒，从中午一直喝到下午，小赵说他不知道喝了多少瓶，吐了多少次，后来就在沙发上睡着。半睡半醒之间，他听到了隔壁不可描述的声音，他知道那是什么，但他不想醒。从小，他只有这一个朋友。

晚上十点多，他酒醒了，小李和小张在看电视。小赵对小李说：我们出去走走吧。两个人一路无言，不知不觉走到了两人上班的工地。他们上了二楼，小赵走上了一堵砌到一半的墙，小李拉着他。小赵闭上眼睛说：我真希望我们都不要长大，你们的事我知道，可是我不在乎。正说着，他发现自己飞了起来，一秒钟后，他已经仰躺在地上，他看到小李在二楼看着他笑。

他们的动静引起了保安的注意，保安们跑过来时，小赵想站起来，却不能移动，他像一个木偶一样被钉在了地上，一根钢筋从他鼻前穿出。保安们都觉得这孩子完了，但小赵却清醒地说：我没事，救救我。

经检查，小赵脑中插入的钢筋长达二十五厘米，CT显示颅内没有明显出血。钢筋从小脑右侧进入，至脑干、咽喉，最后经左鼻穿出。颈部动脉、椎动脉、颅神经没有明显损伤，不过脑干部位，异物紧贴大静脉窦。一位专家感叹，要是钢筋插入的位置往大静脉窦偏一毫米，小赵基本就没救了。最后，神经外科专家先开颅，用高速磨钻器将异物插入开颅处的骨缝内，进行磨钻。骨缝扩大后，拔出了钢筋。

手术非常顺利，小赵躺在病床上，迎来了他第一拨访客，小李和小张。小张哭得很动情，问小赵为啥大半夜去工地。在哭声中，小赵闭上眼睛，仿佛自己是躺在灵床上。

经历了这次事件，小赵抛掉了早该抛掉的念想，像壁虎，断尾，然后重生，几十天后身体完好如初。只是他心里的一堵墙，已经轰然崩塌了。小赵自始至终没有惊动警察。他父亲为他办出院手续，陪他回家，而小李和小张都没有再出现。

扒手火柴

—

被遗弃的猪

再次见到火柴，已经是十五年后。

火柴是我初中同学，因为不是一路人，初中毕业后只见过他一面，就再无交集。那天总值班，急诊科护士给我打电话，说有个受伤的人来就诊，需要报警。医院规定，只要是刀枪伤等外伤，都要报警，由警察介入调查。

为了写值班日记，我需要到抢救室看那个伤者。我去的时候，他的腹部已经被血染红，并且还一股一股地往外冒血，他紧紧地捂着，并不怎么慌张。反而是送他来的男子，惊慌得左顾右看，向众人解释说：是他偷我手机，还要扎我，我才抢刀刺到他的。又问：医生，他死不了吧？

我正向护士了解患者情况，被扎伤那人突然操着一口太原普通话略带疑惑地叫了我一声，重度脸盲的我转头一看，不认识呀。他说：我是火柴！

于是，我条件反射似的，大脑出现了人畜共处一室的那幅画面。

初中时我们一个班，那会儿火柴个子很矮，黑黑瘦瘦。有一次，我们开运动会，结束后回到教室，发现整个年级的教室都失窃了，除了钱，一些小物件，比如漂亮点的小刀、特别点的橡皮也被偷了不少。后来学校通过调查，发现是火柴趁大家在操场，返回教室偷的。因为涉及金额比较大，影响又坏，他被送到了少管所。

初中毕业后，有一次在矿上和几个同学到后山野游，遇见了火柴。一年多的时间，火柴长高了很多。他说他家离这里不远，邀请我们去他家。那会儿我们站在了道德的高地，当然都不愿意去。后来，他给我们拿来了用塑料瓶装的山泉水，喝人嘴短，我们只好勉强去他家看看。

他家在一个山坳里，五六十年代煤矿上盖的集体宿舍，一整排十几间平房，其他的都已经倒塌，只有他家那三间还算齐整，一间他父母住，一间火柴和他兄弟住，再一间是猪圈，两头大黑猪在粪堆里哼哼唧唧。火柴的房间跟猪圈之间的隔墙还倒了一截，满屋子全是猪臭味。他们家没有院子，门前一片荒地上都是黑色的煤泥混合物，父母像两个移动的木头人，一边麻木地看着我们，一边整理捡回来的废品。那时尚且年少，从心底里不想和他有更多交集，没过多久我们就离开了。

警察来了，做了笔录。火柴的伤情并不是特别严重，看着流血很多，但都是皮外伤，并未伤及内脏，给伤口做了缝合，也就没事儿了。火柴向对方提出调解，被偷的人反而赔偿了一万多，警察也没再深究。

我问火柴：为什么不做点其他的？身强力壮的，当什么扒手！他苦笑着说：从少管所出来，我就做这行，其他的我也做不了呀。如果说曾经无法理解他为什么去偷，上班这么多年，见多了困顿的处境，我才觉得，按他家当时的条件，不去偷反而无法理解。他家那些猪尚且有人照看，而他倒像是被遗弃的猪，只能在社会的夹缝中东拼西凑，苟延残喘，完完全全的一个边缘人。

再往后，我们之间还是没有什么交集。他继续行走在他的“江湖”。

有天晚上，同学们一起吃饭，聊起了以前的事情，我问他们：火柴现在还做扒手？他们问：你不知道？我忙问：怎么了？同学告诉我，火柴伙同几个朋友在矿上捣了一个黑口子，偷偷采煤来卖，被政府封掉了。后来他们以为政策松动就又去挖。四个人刚下井，火柴一头栽倒，其他人拉了一把，见拉不动就赶紧上来。最后其他人都好好的，只有火柴瓦斯中毒死掉了。

谁杀了那个女孩儿？

—

毒于虎

璐姐是我的爱人，医院神经外科的护士。她从来都跟个爷们儿一样大大咧咧，没怎么见她伤心过，但那天却看到她满脸的不开心，撇着个嘴。我问：怎么，金刚女汉子也有情绪不好的时候？璐姐没说话，两行眼泪夺眶而出。

小欣是璐姐管的一个患者，女孩，八岁，收治时不是璐姐值班。那天上班来时她看到十二号床躺着一个小女孩，眉清目秀，但是脸上浮肿得厉害。璐姐一看治疗卡，急性硬膜下血肿。她问小女孩：你怎么搞的？小女孩说：我在学校宿舍睡觉，醒来的时候，就在楼下草地上了。璐姐问：你们宿舍在几楼？小女孩说：三楼。

小欣在雁北地区的一个私立小学上三年级，住校的那种。由于条件有限，宿舍窗户前横放着一张上下铺的床，小欣住上铺。前一天消防检查，主管单位说她们学校消防不合格，学校就将窗户上的防护网卸掉了。由于是夏天，晚上睡觉时半开着窗户，第二天早晨，小欣醒来时，发现自己躺在楼下的草地上，身体动弹不得。她赶紧呼救，班主任将她送到当地医院。经检查，急性硬膜下血肿，其他部位倒是都没问题。医生感叹：这孩子命真硬。急性硬膜下血肿当地医院治不了，就转到了我们这里。

当天，璐姐见到了小欣的父母和班主任。父母是那种一看就老实巴交的村里人，班主任面带风霜，皮肤黝黑，戴着一副棕色框眼镜。医生简单交代了一下，小欣的伤情不算特别严重，但需要及时做手术。现在正在消肿，随后就可以做手术了，并且手术预后会很好。

班主任问：手术费用大概需要多钱？医生告诉他应该在三到五万之间。班主任到门口打了个电话，之后说：费用我们承担，没问题的。小欣的父母始终没有说话。两天后，手术条件已经成熟，CT、血检等一系列检查也已经做好。医生找小欣父母术前谈话，这对老实巴交的父母支支吾吾，就是不肯签字。两人要医生保证，做完就要和没事儿人一样。对于这种保证，不用说硬膜下血肿，就是划一个小口子，也没人敢保证没有破伤风的风险。

医生又找小欣的班主任谈话。这个在医院陪护患者三天的中年人，已经面目憔悴。他说：作为学校，我们有责任，该出的钱我们肯定会出，但是签字，我们没这个权利呀。医生说：现在是手术最佳时期，再拖，硬膜下的血块可能会压迫大脑，最后脑疝的可能都有。一旦脑疝，神仙难救。班主任说：那我也没办法，住院费我已经全额打进去了，我们只能一起动员她父母。最后，两个人一起找小欣父母谈话，是非利害都说得清清楚楚，两人还是不签字。

璐姐眼看着这个眉清目秀的女孩，消了又肿，肿了又消，之后又肿起来，前前后后拖了半个月之久。其间医务处、医院领导、派出所轮番出面劝说，都不管用，两口子就是不签字。璐姐问医生，不是“李丽云事件”后出了规定，家属不签字医生也可以做手术吗？

当年产妇李丽云在北京朝阳医院生产，医生建议剖宫产，但陪同她去医院的男友拒绝签字，无法按正常程序手术，导致李丽云死亡。在这件事之后，国家出了相关规定，在医生判断需要做紧急医疗处理时，即使家属不签同意书，走正规程序，依然可以进行医疗处理。

医生说：那是规定，我就上个班而已，手术成了，家属不高兴；手术不成，那家属不得吃了我？我也得靠着工作养家糊口呀。

半个月后，小欣最终被拖成了脑疝。在离开医院那天，家属写下了“我们自愿出院，如有任何问题，自己负责”的保证。

璐姐问班主任：他们这家为啥不愿意给小欣治病？这不是钱的问题呀？班主任说：人家家里两个女孩儿，想再生一个，但政策不允许不敢生了。这不对上这事儿了，不仅能让学校赔点钱，还能再生一个，说不定是男孩呢？

发展成脑疝，小欣难逃一死。俗话说，虎毒不食子，可有的人，比猛虎还恶毒。谁杀死了那个女孩？细细想来，凶手可能不止两个。

好猫不留种

—

群鼠

张老医生是一位老中医，医术非常棒，尤其是调理妇科病和治疗不孕不育，堪称一绝。他的住院惊动了方方面面，各种打招呼的人络绎不绝。

张老医生的外孙是我大学同学，住院那天他给我打电话，说救护车正拉着老人家往医院走。我问：什么病？他说：怀疑是脑出血，症状主要是头痛、放射性呕吐。我建议他直接去急诊科，那儿二十四小时都有医生值班。

晚上去看张老医生，他已陷入昏迷，大儿子在病房里陪侍。外面至少有二十个亲属正围着主管医生，七嘴八舌地问下一步怎么办。主管医生说：你们家里派一两个代表吧，这么多人我听谁的？和谁沟通？

这家人的老二也是医生，所以大家把老二推为代表。主管医生说颅内出血量已经超过70毫升，大脑几乎就泡在血里。现在虽然没有脑疝，但手术意义真的不是太大，即使手术成功，花费少不了，而且不一定能苏醒过来。老二说钱不是问题，家里不缺钱，但是一定要保证他父亲醒过来。主管医生说：这个真不敢保证，一般出血量超过40毫升就已经很危险了，这都70毫升了，谁敢保证苏醒。

晚上八点多，主管医生打电话问我这个患者是个什么人。我说：是一位老中医。他说：刚完善检查，准备上手术台了，住院费突然多出三十多万。我笑着问：你是不是好多年没做过这么富裕的手术了？他说：压力太大了！家属要我不管用什么方法，一定要把老人救过来，哪怕苏醒两三天，跟老人见最后一面也行。

零点以后手术终于结束，老人被推回病房。因为疫情，只允许一人陪侍，大儿子留下了。其他三个儿子、两个女儿一家派了一个代表在病房门口坐着。我跟同学说：这完全没必要呀，快回家吧，在这儿坐着啥忙也帮不上。同学诡异地笑了笑说：你不懂。

第三天，老人又陷入危险。抢救时，家属们像一群受了惊的硕鼠，涌到急救室门外，群情激奋，捶打着手术室的门。要不是我们准备得当，严防死守，他们真的会一股脑地冲进来。

老人家瘦弱的身体插满了各种管子，连接着各种仪器，心肺复苏、心脏除颤，所有能用的手段都用上了。医生说：不用抢救了，没丝毫意义，让老人安静地走吧。大儿子说：不行，得救，钱不够我们再打二十万，必须得救。医生说：之前就打了三十万，现在才花了三四万，不是钱的问题，已经脑疝了，救过来也是植物人，没必要。老二又说：植物人也得救，只要有口气在就行。医生说：你们这何苦？这不让老人家受罪吗？老三说：这是我爹，不是你爹。医生没办法，继续做着无谓的抢救。

最后经过半天的折腾，老人还是没有救过来。医生宣布老人死亡的那一刻，门外的家属顿时哭成一片。我对同学说：你们家的长辈是真孝顺。他说：你以为他们哭啥呢？他们这不是哭老人，这是哭钱呢！我们家是中医世家，最核心的几个秘方一直在姥爷手里，还没来得及给往下传呢！谁能想到姥爷一夜之间脑出血这么严重，我们这一脉的中医算是绝了。我问：你咋看着没那么伤心呢？他说：我姓李，姥爷姓张，就算传，也是传男不传女，传里不传外，不会传给我们外姓的。

三张大口吃大山

—

虎落平阳

我四叔是个情种。

早年间我父亲将他安置在矿上工作，他在一次回老家的路上，一眼相中了当时还是大姑娘的四婶。他曾跟我说，瞬时就像被子弹打中一样，浑身僵硬。由此，他坠入情网，舍弃太原的工作，回了兴县。熏枣赚钱他熏枣，跑车赚钱他跑车，修车赚钱他修车，唯一的目的就是养活四婶和三个孩子，让全家人衣食无忧、快快乐乐。

我四叔也是个江湖人。

就是那种二十世纪八九十年代的草莽英雄，身上自带一股下山猛虎般的霸气。他相信实力，相信钱，相信拳头，相信好勇斗狠。有一次，四叔与隔壁汽修厂争地盘，对方用啤酒瓶砸自己脑袋向他示威。他直接拿起一把手钳，从嘴里生生拔下一颗牙放到对方手里。因为此事，四叔在兴县声名鹊起，没人敢招惹。

2010年的一天，堂妹给我打电话说四叔过几天要来医院看病。我问怎么回事，她说当地医生建议来太原看病，咳嗽总是好不了。

四叔最初出现咳嗽的症状时，本以为只是感冒，没当回事；过了一个多月还咳，找诊所看，吃了点抗生素，不管用；后来去县人民医院，做了个CT后，医生说，你到太原看去吧，你这病我们这儿看不了，其他再不多说。

我帮四叔挂了呼吸科何主任的号，何主任看了看CT影像说：你这是肺部占位。四叔听不懂，问占位是什么意思。何主任看了看我，我看了看妹妹，妹妹摇摇头。沉默三秒后，何主任叹口气说：占位就是占位，需要住院。我不禁觉得，中文真有意思，同一性质的东西，可以用多种词语表达，占位、肿瘤、肺癌……

由于四叔肺部的占位已经挤压了气管，气管镜下不去，我陪他去北大三院做了超声引导下的气管镜。结果是低分化小细胞肺癌，一种恶性程度极高的肺癌，并且已经有部分转移，失去了手术机会。回太原后，四叔直接从呼吸科转入了放疗科。护士长说正好有个双人间，他说大房间就好，主动在六人间住了下来。

放疗科的病房总有一种特别的压抑感，四叔不喜欢这种氛围，天天逗其他几个病人，今天说这个剃了光头的病人像个蘑菇，明天说那个做定位身上画线的像块黑板。病友们大多接不下话茬，但慑于四叔的匪气，敢怒不敢言。四叔的床头挂着病历卡，上面清清楚楚地写着“低分化小细胞肺癌”。四叔不认识那个“癌”字。

我以为同房病友都对四叔有成见，谁知道后来有个病友可能觉得自己不行了，出院回家，走的时候给四叔留了一千块钱，说：老建，你好好活着，这两个月全凭你了。其他几个病友出院时，也都给这个一直取笑他们的中年“土匪”送了点东西，表达这几个月以来的感谢。我看着他们如游鱼一般走出那扇门，有老有少，有男有女，有的再没回来，有的回来已是病入膏肓。

四叔十几岁就开始抽烟，自从得了肺癌，医生就禁止他吸烟。每次去了病房，他总会和我要支烟，用上嘴唇卡在鼻子上深深吸一口。我逗他说，点上吧？他总用故意咳嗽回应我。四叔爱吃肉，尤其爱吃猪蹄，但医生不让吃高脂肪的。有时中午去病房看他，他偷偷从枕头底下摸出用塑料袋包着的猪蹄，让我悄悄帮他拿着，之后叔侄俩躲到楼道里大啃一番。

有一天，四叔半躺着在病床上，跷着脚剔着牙，对我堂妹说，我们回兴县吧。堂妹问为什么不住院了。四叔说：不花钱我怕你们心里难受，村里人也笑话，以后你们不好活人。我估计钱花得差不多了，活人不能让快死的人拖死，你和你哥还都没结婚，剩下的钱分三份，一份给你妈留作养老，一份做你哥的聘礼，一份做你的嫁妆。你小弟弟机灵得很，缺不了钱，不给他留钱了，把家里的半挂车留给他。

堂妹说：你想啥呢，又不是啥大病！四叔说：我不认识字，但是你看，两个月病房里来来回回这么多病人，走了的，都留我电话了，哪个给我打过一个电话？我是不认识那个字，但三张口要吃大山，能是啥好字？我估计是“癌”，我不能让病拖垮你们。堂妹还想再说什么，四叔已经给自己穿戴整齐，就和年少时一样精神，独自走出了病房。

一个月后，堂妹打电话说：哥，我爸不行了，你要不回来再见他最后一面吧？

次日，我回了兴县。四叔躺在炕上，已经病得脱了形，曾经一米七五的个子，此时却跟个孩子一样佝偻着，只有七八十斤的样子。七月的兴县炎热无比，窗户上有一个缝透气。四叔像一只被缚的老虎，喉咙里发出“嗬……嗬……”的声音。那个曾经凶残到自拔牙齿的汉子喘息了一会儿，对我说：把窗户关了，风进来就跟刀子一样割我。

四叔过世了。又过了七天，四叔下葬了。

滔滔黄河水从村口流过，天地不仁，逝者如斯，我们能带走什么？留下什么？

就是想和你聊聊天

—

燕雀与鸿鹄

总值班有两大忌：一是吃芒果，“芒”者忙也；二是嘴说闲，敢说闲话，临床一线医生会教你做人。有段时间，临去值班还跟同事吹牛，说我的班特好值，一觉睡到大天亮。同事坏笑着说，今天晚上肯定有事。

前半夜，拥被而眠，梦到了诗和远方。后半夜，突然一阵电话铃声把我惊醒，看了看电话是凌晨两点，顿时就清醒了。这个点打电话，肯定有急事。接起电话，是一个老太太的声音，问我发烧挂哪个科。我告诉她先挂发热门诊，让发热门诊先诊断一下。她又问：那没人陪我去怎么办啊？我问她：那你烧到多少度？她说37.5度。特殊时期，37.3度以上就需要做流行病学调查了。再简单问了一下，老太太没去过外地，也没和疑似患者接触过，也不咳嗽，估计没啥事儿。我就说可以在家先物理降温，看能不能降下来，不行了再来医院。但接着老太太主动说了很多话，问这问那，比如小伙子你多大了，成家了没，孩子多大…… 越问越离谱。

那部电话是总值班应急电话，我跟老人说明情况，就挂了电话。

刚睡到朦朦胧胧，另一部电话又响起，还是那老太太。她第一句话就说：小伙子，那部电话你应急，咱们用这部聊。我一看时间，已经两点半了，这个铃声让我睡意全无啊。

聊天中得知，老人原是太原某个国企的老会计，今年已经七十多岁，老伴前几年过世，现在独居。有两个孩子，一儿一女，都非常争气。儿子二十多岁出国读书，后来留在了法国，现在是个什么协会的副会长；女儿到北京读书，后来也留下工作，事业顺风顺水。孩子们一切都好，老太太很满意，唯一感觉不足的就是儿子五六年没见了，上次回来还是老伴儿过世的时候，女儿一年里也只有逢年过节见一下。她又说自己今年已经七十三岁了，估计下次见儿子就是躺棺材板的时候了，从儿子二十多岁出国，总共就见过三四次，女儿一年见三次，也就十几二十次。她还说，一生最大的遗憾就是让儿子跑得太远，年轻时候想让孩子出人头地，上年纪了，觉得能时常见到孩子就好。

一直聊到早晨六点，老太太说：小伙子，没啥事儿，就是睡不着，找人说说话，谢谢你，你太会聊天了。我心里顿时有点难受。老太太又问：小伙子，你手机多少号？我问他要干啥。她说：你陪我聊了一晚上，我给你充上三百的话费吧。我哭笑不得，说：大娘您别了，真的不用。老太太又问我哪天再值班。我跟她说这是我唯一一次值班，老人家一声叹息。

同事上班后问我事儿多不多。我说，没啥事，就是和一老太太聊了四个小时。同事一脸艳羡地叹道，妇女之友，名不虚传。

晚上辅导儿子作业，我对儿子说：你一定要好好学习，去最好的大学读书。儿子问我：最好的大学是哪儿？我说：耶鲁、哈佛吧。他又问：那在哪儿？我说在美国。他说：那是不是我去了美国就再也见不到你了？一直都自称铁石心肠的我一时怔住——如果这样的话，等我老了，不就跟那个老人家一样？我说：那还是算了，国内的大学也不错，我们还能经常见面。

鸿鹄可以去遥远的西伯利亚，饱览美景，而燕雀也挺好，儿女们栖息在平原、山间，能经常厮守，其乐融融。

难得糊涂

—

绵羊一家

小志住进血液科，纯属意外。他上小学四年级，体育课上，一颗足球飞过来砸到了他的鼻子，顿时血流不止。他很快被送到学校医务室，经过各种处理仍然止不住血，校医意识到，可能出问题了。

血液科张主任询问家族遗传史，发现小志爸妈身体健康，好像没有明显的遗传因素。是血小板减少性紫癜？但从血常规看，血小板在正常范围内。那是白血病？做了骨髓细胞学检查，基本可以排除是白血病。那会是什么病呢？血友病？应该不会中奖吧？

血友病一般分三种：血友病甲，是一种性连隐性遗传性疾病，女性传递，男性发病；血友病乙，患病的大部分是女性；血友病丙，又称为凝血活酶前质缺乏症，男女均可能患病，但它是一种罕见的血友病，发病率极低。

为了保险起见，医生还是给小志做了一个凝血活酶生成纠正试验，结果显示，小志患的还真是血友病丙，并且是重型患者。

事实上，这种类型的患者，一定是性连隐性遗传，即女性携带，男性患病，也就是说母传子。反过来说，母亲没有得这种病，那么儿子也不太可能得。难道是当妈的自己也不知道？

张主任再次找来小志的妈妈，问她有没有哥哥弟弟，身体怎么样。小志妈妈说有两个兄弟，身体都健康。张主任说：那么只有两种可能，你在撒谎，或者孩子不是亲生的。小志爸爸听后暴跳如雷，反问：你什么意思？我们有什么必要撒谎？孩子俩舅舅确实没住过院，你说孩子不是亲生的，你什么意思？你信不信我去告你？此时我注意到，小志妈妈的眼神里闪过一丝惊慌。

张主任说：是不是亲生的，我没兴趣，那是你们的事情。我只想说，对医生撒谎，就会耽误治疗。你们要知道，孩子的病情没有你们想象的那么简单。

在输了一部分凝血酶原复合物后，症状有所缓解，小志爸爸要带他去北京治疗。临走前一天，小志妈妈找到张主任，说孩子确实不是亲生的，她不是孩子的亲生母亲。当年，她两侧输卵管堵塞，无法生育，为了维持婚姻，趁着孩子父亲去外地工作，就抱养了个男孩。她希望张主任能替她保守秘密，这段婚姻对她来说，太重要了。

小志妈妈刚走没多久，小志爸爸又来找张主任，郑重地道歉，说那天他自己太激动了，但其实是演给妻子看的。他早就知道孩子不是亲生的，但也知道妻子没有出轨，她是为了这个家。他爱这个孩子，即使倾家荡产，也要给孩子治好病。张主任问：你怎么知道不是亲生的？小志爸爸说：我再傻，也会算日子。

那天晚上，张主任看见小志独自坐在空空的楼道里，便和他并排坐在一起，两人默然很久。小志突然问：我是不是从我生母那儿遗传的病？一句话让张主任愕然无语，他问：你怎么知道你不是亲生的？

小志略带遗憾地说：我早就知道他们不是我的亲生父母，爸爸妈妈都是单眼皮，但你看，我是双眼皮。我很早就在书上看到了，但是我不在乎，我知道他们爱我。

第二天，看着一家三口办理出院手续，张主任如鲠在喉，有些话他想说，又没法说。得这种重型血友病的男孩，极少能活到成年。但看着这难得糊涂的，绵羊一般温暖、善良、相互爱着的一家三口，他又如何说得出口？

坏人我来当

—

乌龟的壳

王大道，是十里八乡的名人。

事情发生在二十年前，那天凌晨四点多，准备起床的王大道倚在炕边抽烟，突然“轰隆”一声，整个房间都尘土飞扬，他甚至都没反应过来怎么回事。经历了短暂的大脑空白后，他明白了，多年失修的石膏天花板塌了。他动了动身体，并无大碍。去抱妻子时，发现她已经无法动弹，仅有一息尚存。

去了县医院，CT、核磁共振等一番检查后，妻子被诊断六根肋骨及锁骨骨折、血气胸。最要命的是急性硬膜下血肿，血肿厚度达到20毫米，中位线也位移8毫米。医生说：转院吧，不转院人就没了。

来我们医院后，神经外科和骨科做了急诊手术，血肿清除也比较顺利，但是三天后发生了颅内感染。医生说：颅内感染不是很好控制，后续还有不小的开销，但救回来的可能性比较大。二十年前，农村还基本没什么医保体系，前期手术费用，已经让王大道将多年的积蓄花掉了大半。

王大道有三个孩子，大儿子早早辍学随他一起在家乡务农，二儿子、三儿子十分好学，一个上研究生，一个上本科，并且都是重点大学。就凭这俩孩子，他在整个乡里都挺直了腰杆。老二、老三回来说先不上学了，要去打工赚钱为母亲治病。那天晚上，王大道想去病房拔掉妻子的氧气管。当他进入病房的时候，看到大儿子正站在母亲的病床前。王大道说：我知道你想干什么，你不能干这事儿，你以后还要活人，这种事儿只能我来干，坏人我来当。那天晚上，王大道在医院的楼道里坐了一个晚上，谁也不知道他在想什么。

母亲最后的解脱，成就了二儿子和三儿子。两人毕业后，一个在电力公司工作，一个当了公务员，事业风生水起。王大道则和大儿子继续在农村种地，王大道的声望跌到了谷底，村里人从来没见过手里还有钱，不给自己妻子治病的人。出殡的那天，除了家里人，乡亲们基本没人去参加。自从那件事之后，二儿子和三儿子再也没见过自己的父亲。他们跟父亲说：妈跟着你受了一辈子的苦，最后明明能抢救回来，但是你却拔了氧气管。

多年之后，我见到了王大道的三儿子，四十多岁的他，被检查出肺癌，还是晚期。我带着他咨询了胸外科、呼吸科、介入科和放疗科的专家，专家们给出的一致结论是，即使做最好的治疗，最多再活三个月到一年。在两个人的酒桌上，他给我讲了他父亲的故事。我问他下一步的打算。他说：放弃治疗，自己的孩子还小，与其最后人财两失，不如给孩子留条活路。他说的时候很平静。

后来，王大道的三儿子给我打过一个电话，他回到了家乡，二哥也选择了跟父亲和解。多年后老三再次见到父亲，父亲老迈的身体已佝偻成一张弓，回忆仿佛一个千斤重的龟壳，压弯了父亲的腰。父亲没有过问他的病情，也没有跟他说过去的事情，老三、大哥还有王大道就在一起种地、放羊。后来，我再给老三打电话时，已提示停机。

“料子鬼”

—

窗前小蝇

阿斌算是我发小，之所以“算”，是因为我们五六岁时关系特别好，后来各奔东西，也就没有了来往。再后来联系，是他父亲给我父亲打电话说阿斌出了意外，从铲车上摔了下来，严重的硬膜下血肿，当地医院治不了，需要来我们医院做手术。

见到阿斌时他还在昏迷中。神经外科主任看后说，需要赶紧手术，现在还来得及，否则会有严重的后遗症，比如下肢瘫痪、半侧身体瘫痪，甚至是变成植物人。

手术很顺利。这种手术对于我们医院神经外科来说，难度不高，很快便做完了。阿斌苏醒后，我和父亲一起去看望他。他身上多处包扎着纱布，黑黝黝精瘦的面庞带着一丝暗黄色，怎么也联想不到当年那个小男孩的模样。

父亲让我以后不要跟他们父子有瓜葛，帮忙到此为止。我问为什么。父亲说，这父子是一对“料子鬼”。

从父亲那儿得知，阿斌上完初中，学习成绩不好，但身体素质不错，就上了体校。毕业后没有合适的工作，回了家乡，在煤矿上帮忙。我们家乡是两省交界，2002年后煤炭紧俏时期，他同几个兄弟外送拉煤车出省，半黑不白，但是每天都能有几万的收入，生活非常富足。谁知道因为他父亲，阿斌最终落了个这样的下场。

阿斌的父亲跟我父亲年纪相当，年轻时敢闯敢干，八十年代去温州下海，赚了不少钱，有钱后就换了老婆，新老婆就是阿斌的妈妈。但家庭没能拴住他父亲的心，九十年代开始在太原各个歌厅流连忘返。以他父亲赚钱的能力而言，吃喝玩乐都不是问题，但是后来在狐朋狗友唆使下，开始赌博。黄赌毒三者基本不分家，在一次牌桌上，他接过朋友一支香烟，从此开始吸毒，成了我父亲口中的“料子鬼”。生意也不好好做了，回家乡坐吃山空。几年之后，金山银山都被吃空，阿斌也长大了。

阿斌赚钱后，和父亲彻底划清了界限。他在县城里买了商铺，买了楼房，拉起了工队。他跟村里人说，父亲一天不戒毒，他就一天不认这个父亲。

那时的阿斌好像一只飞蝇，面前一片光明，只是他不知道自己与这光明之间，隔着一层玻璃。

2004年，阿斌的爷爷去世。在阿斌父亲不靠谱的年代，基本是爷爷在带阿斌，爷孙情深。爷爷下葬，阿斌是必须回去的。回到村里，父亲向阿斌要钱，阿斌知道父亲要钱干什么，没好脸地将他一顿臭骂。

安葬了爷爷，阿斌回到城里，不知道为什么，每天挠心挠肺地难受。去医院检查，医生问他是不是吸毒了。他说：我就是死也不吸毒。

回家后，阿斌越想越不对劲，开车回村里找父亲。父亲笑而不语地给他递上一根烟，那一刻，他就明白了一切。在家里，他痛殴了自己的父亲。

回到县城，阿斌主动去了强制戒毒所，三个月后出来了。一年后，阿斌忍不住，开始吸毒。他跟村里人说，吸上才知道，这玩意根本戒不了。那些年他的生意一切顺利，足以支付这部分开销。

2006年，国家政策收紧，送车出省这种半黑不白的事情干不下去了，阿斌的收入骤减。后来，工地的几批工程款也结不回来，他只能卖房卖商铺给工人开工资。第二年，没有毒资的阿斌和几个社会青年在苏州抢劫了十万块，被警察从被窝里揪了出来。被捕后他才知道，妻子已经怀孕三个月。

2016年，阿斌刑满出狱，回到家时，女儿已经九岁。阿斌觉得过去的一切都无所谓了，他只想把孩子养大，看着她结婚生子，这就足够了。

但是父亲似乎从来没有想着要放过他，每天在他家门口吸毒。他见父亲一次就打他一次，但父亲依然在门口蹲着。终于有一天，阿斌忍不住，开始复吸。妻子知道后，没吵没闹，带着孩子不知所终。

阿斌将妻子留给他的房子卖了，回到村子，住在父亲的破屋里，父子俩用这最后的钱开始疯狂吸毒。在用完最后一分钱后，阿斌借了辆铲车将破屋铲平，开着铲车从脑畔（窑洞顶外部，晋西北、陕北方言）冲下，成了我见到时的模样。

八面玲珑言部长

—

蛇的身段

言部长是我认识多年的一位老友，在一家汽车销售公司任副总经理，负责对外联系，我们总开玩笑说他是公关部长。几乎他接触的各行各业的人，上到领导干部，下到门房保安，他都能保持良好的关系。

那天，我正在上班，言部长给我打电话，说突然一条腿不能动弹了。我大惊，不会是脑梗吧？赶紧来医院！

在门诊广场见到他时，他已经坐上了轮椅，壮硕的身体将轮椅挤得满满当当，左腿膝关节肿胀到裤子都穿不上，盖着块毛毯。我问：你这咋回事？胳膊能动不？他说：胳膊没事儿，前天搬了下重物，今天就成这样了。一听这原因，估计不是脑梗，就给他挂了个骨科的号。

言部长今年四十七岁，长治武乡人，尽管身材壮硕，“身段”却能像蛇那般柔软，做事八面玲珑，是我认识的少有的情商极高的人。无论我哪个朋友，只要他见一次，就能跟对方处成好朋友。

言部长老家据说是在一片红泥地的山坡上，整个村子只有七八户人家。他十六岁时，辍学来到太原，先是在我们医院当保安，几年后考虑到家里上有双亲、下有弟妹，当个保安实在不是出路，就辞职到一个汽车修理厂修车。后来，这个修理厂越做越大，发展成了山西省独一无二的汽车销售集团。言部长也从一个小修理工一直做到集团副总。

这次受伤，是由于老板家儿子娶媳妇，车队在路上遇到了一块隔离墩，言部长逞强搬了一下。骨科医生拿到言部长拍的放射片，看到明显的膝关节滑膜撕裂，告诉他，也没有太好的办法，只能慢慢养着，开点药。

两天以后，言部长再次给我打电话，说又动不了了，再次被人抬到了医院。膝盖的滑膜撕裂已经明显好转，肿也消了，但是踝关节又肿了起来。骨科医生看了以后说：跟之前的外伤没啥关系，这次验个尿酸吧，高度怀疑痛风。结果出来后，尿酸值700多，确诊痛风。

我说：你这好好的，又怎么痛风了？他嘿嘿笑着：不好意思地说，昨天晚上喝了顿大酒，海鲜加啤酒。我说：你这本来就滑膜撕裂，怎么还能去喝酒？他说：没办法呀，老板有个接待，点名要让我去陪，我就拖着残腿去了。我说：那也不能喝呀，本来就有痛风史，又加上滑膜撕裂。他笑着说：你在这种单位不懂，我要是有一点点办法，就不喝了，可是我得招呼一帮老乡挣钱养家，根本就没有回旋的余地呀。

躺在治疗床上，小拇指长的针头扎进踝关节，一抽一管脓血，他咧着嘴像蛇一样“嘶、嘶”地吸着冷气。送他走时，我叮嘱他，最近切记卧床休息，戒烟戒酒戒高嘌呤食物。他嘿嘿憨笑说，有一天至少有十个人跟着你吃饭的时候，你就知道，酒肯定是戒不了的。

雪花肺

—

她当像鸟飞往她的山

我偶然认识了李璇，她是一家专业媒体的编辑，丈夫是省内某著名大学的中层干部。她四十多岁，依然是少女的样子，经常白衣飘飘，除了眉头紧锁，基本上看不出来什么异常。我第一次见她的女儿时，八九岁，一看就是个美人胚子。李璇是知识分子家庭出身，自己又是南开大学哲学系毕业。总之，你会觉得，她就是一个妥妥的人生赢家。

发现李璇有点问题，是在一天晚上。十一点多，她打电话给我，声音压抑而炸裂，能感觉到有非常大的委屈，既想爆发，但又强烈抑制。她说和公公婆婆在一起住着，两个老人都六十多岁了，还当着她的面做夫妻间的事情。我听完觉得匪夷所思，因为她丈夫我认识，她公公婆婆我也认识，完全不像能够做出如此有失伦常的事情。

我给她丈夫打电话，丈夫告诉我不可能，他马上就到家。

第二天，我就见到了李璇和她丈夫，李璇已经完全换了一个人似的，眼中的神采就像被抽干了。心理医生诊疗的间歇，她丈夫告诉我，李璇一直都有抑郁症，最早是产后抑郁，慢慢发展成了长期的严重的抑郁症。那会儿他们新婚燕尔，郎情妾意，第一个孩子很快来到世间。李璇总是抱怨头痛，莫名其妙地便开始流泪，他也没当回事。有一天李璇当着他的面，踩着一把椅子爬上了窗台。他当时还纳闷，这是要干啥？之后发现妻子面无表情，他从后面一把将她拽了下来。李璇就和惊醒一样，问怎么回事。他说：你知道刚才怎么回事不？李璇茫然摇头。他才发现，李璇可能真的病了。后来病情反反复复，但为了仕途，他不能大张旗鼓带妻子去看病，一拖再拖。我问：生老病死，自然规律，这和仕途有什么关系？他说：我有一个精神病妻子，领导会如何想？人言可畏，你还年轻，不懂。

对于她丈夫的想法，我确实不懂，不管什么病也得及时治啊。鉴定结果很快出来，心理医生告诉他们，李璇这是重度抑郁，我们医院没有精神病房，建议去专科医院。她丈夫向我和医生道谢后，说他们回家合计合计。

抑郁症的特点之一，是时好时坏。后来我和李璇约过一次饭，我问她：你知道自己有重度抑郁不？她说知道。我说：那你得积极治疗呀，你丈夫指望不上，自己的命得自己救。她说：不行，我得为女儿考虑。一旦我住过院，就打上了精神病的标签，以后谁敢娶精神病的女儿？她又说每次发病前，大脑中啪的一声，就跟一根橡皮筋断掉一样。我问：那怎么办？她说：只能自己注意，尽量不让那根橡皮筋断掉。

后来，我跟心理医生了解了下，抑郁症根本不是我们说的心情低落。在这种病人眼里，世界是另外一个样子，除了黑白灰三色，没有第四种颜色，会出现幻听、幻视，所以很多病人自杀都不知道自己怎么死的。当你真正见了抑郁症的病人，你会发现自己每天嘴里念叨的所谓抑郁，最多只能算心情不好。

后来有一天，李璇丈夫给我打电话，问我们医院呼吸科怎么样，我说还不错。他说他们在救护车上，正往医院走。我知道，一定是李璇又出事了。

李璇的主管医生给我看了一张影像片，上面显示，李璇的整个肺布满了雪花般的白色斑状阴影。影像看上去异常诗意，异常漂亮，却宣告着残忍的结果——这就是传说中的“雪花肺”。主管医生告诉我，他行医三十年，只听说过，这是第一次见，只能尽量治疗，不一定能抢救过来。悲剧是这样发生的：她丈夫在外地出差，李璇将家里的三支体温计打碎，用针管将水银搜集起来，注射到了自己的血管里。肺上的“雪花”，就是大剂量汞随血液快速进入体内，通过肺动脉进入毛细血管网，沉积在肺部的景象。

李璇的心中，早已装满整个冬天，冷冽异常，但她自己和家人都没有给予重视。寒冬雪花一片一片累积下来，最终压垮了她。

最后，李璇因多个脏器衰竭去世。去世之前，我过去看望她。她说，她终于解脱了。困在这具躯体中的灵魂化作一只鸟，振翅而飞，向着那渺远的自由之地。

一个毒贩的非正常死亡

—

被遗忘的鱼

2019年3月14日15时45分，孙志敏死了。他的死亡并没有引起任何人的伤悲，他的大哥、大嫂、二姨、姨父，包括女儿，都觉得终于解脱了。真正悲伤的，或许只有他家那条老狗。

孙志敏这一年四十五岁，十八年前他二十七，当时刚结婚一年多，妻子为他生了个姑娘，白白胖胖，他异常欣喜。那会儿他年轻，又有技术，喜欢鼓捣各种机器。隔壁村有台覆膜机，十里八村没人会用，就叫他去，鼓捣一会儿，就顺利上手了。

孙志敏年轻力壮，家里又添了一个女儿，所以充满干劲，每天帮人覆膜十几个小时。他心里谋划着，好好干上几年，自己也能买一台覆膜机。连续干了七天，到第七天头上，累了，天上正好下起了牛毛小雨，他和着湿衣服在地头的土窖里休息，不知不觉就睡着了。一觉醒来，身体发烫，浑身疼痛。第二天，下地都困难了。

在大同市第五人民医院，孙志敏被确诊为风湿性关节炎，用大量激素冲击治疗，病情得到了很大程度的控制，身体逐渐好了起来。回了繁峙县，有个赤脚医生说：你不敢用激素了，再用你就会死。由于缺乏基本医疗常识，他擅自停药，开始在赤脚医生的“帮助”下用中药治疗，导致身体一日不如一日。2003年，他的手指开始畸变，呈鸡爪样。再去大同五院时，医生表示无能为力，只能帮他缓解疼痛，肯定无法恢复了。

他说他记得妻子当时的眼神，无奈而绝望。他俩是自由恋爱的，也曾心心相印，也曾海誓山盟。第二天起床，他发现妻子已不在身边，没有办任何手续，没有财产分割，妻子扔下他和两岁的女儿不告而别。他说他没有伤心，没有去找妻子，就抱着女儿回了繁峙。

2006年以后，孙志敏大部分时间，只能佝偻着身体躺在炕上。他的母亲2009年去世，世界上唯一爱他、关心他的人也没了。他的父亲尽管身体硬朗，自从他病倒后，却从未关心过他，反而是二姨和二姨父在母亲过世后一直照顾他的生活。

少年时，孙志敏喜欢听《相思风雨中》，躺在冷炕上时经常会哼“恨满胸愁红尘多作弄”，他不知道为什么这个世界这么对待他。有一天晚上，他梦到自己的头裂成两半，一个新的自己从残躯中钻出，身体挺拔，肌肉健硕。

第二天开始，他走上了一条完全不同以往的人生道路。两条严重畸形的腿呈X状蹒跚地走，鸡爪一样的手里明目张胆地攥着毒品，赚取每克十块钱的利润。他知道，贩毒是死刑，但活着比死更痛苦。警察逮过他很多次，最终也并没把他怎么样，求死已是他的最终目标。

开始贩毒后，孙志敏有了不错的经济来源，女儿开始来看望他，大哥大嫂也开始和他走动。甚至，他有了自己的情人。2019年3月9日，孙志敏喝得酩酊大醉，之后去找自己五十多岁的情人，也是他的毒品上线。第二天早晨，情人发现他口吐白沫，赶紧给他大哥打电话，大哥找个借口推辞了，又给他姨父打电话，姨父送他进了医院。

医生判断孙志敏脑出血，及时手术肯定能活命，但效果怎么样不确定，生活不能自理的可能性很大。之后，他的姨父、二姨、大哥、大嫂、女儿五个人开始磨蹭，互相商量着肯定没有结果的答案。孙志敏就像一条被故意遗忘在砧板上的鱼，躺在治疗床上吐着白沫，喉咙里呼呼作响。家属谁也不能做出决定，他就只能靠医疗维持着最基本的生命状态，人生没有下文，但命运已经昭然若揭。

两天后，医生告诉家属，不用再考虑了，已经过了最佳手术期。家属欣然签字出院，说是回县里再想办法给他治病。

回到县里，孙志敏被安排在一家私人医院，每天给输些活血化瘀的药水，这已是这所没有评级资格的医院能给予的最好治疗。但强大的求生本能，让他的病情趋于稳定，不至于醒，但也不至于死。

两天后，看着逐渐稳定的孙志敏，家属决定连最基本的治疗也停止。他依然像一条鱼，刚被人从农贸市场买回来，包裹着放在汽车后排座位上，嘴里无意识地吐着泡泡。前排的大哥大嫂有说有笑。回村后，他被安置在他年轻时盖的大瓦房里。三月，春寒料峭，没烧炕，也没生火，只有十八岁的女儿陪着。

2019年3月14日15时45分，失去药物支持的孙志敏死了，没有凶手。

白血病患者阿丁

—

丧家犬

一天，我去血液科找袁医生约稿，见到了阿丁。他穿着病号服坐在病房门口，脸色苍白，袁医生则在跟家属谈话。

阿丁那年三十二岁，在太原一个厂矿企业工作，声称刚结婚一个多月，查出了白血病。这病分两种，一种急性，一种慢性。阿丁属于前者，是费城染色体阳性的急性淋巴细胞白血病，已经在我们医院住过两次院，做过诱导化疗。我跟他妻子谈话，发现他妻子根本不知道他曾经住过院，以为是刚发现。所以，在他们结婚之前，阿丁就知道自己是白血病，家人也知道，唯独瞒着妻子。

阿丁恰好跟我姐一个单位，我打电话问我姐，知道阿丁不？我姐说，知道，已经白血病一年多了，上个月刚结婚。

几天后的一次饭局上，袁医生给我详细讲了阿丁的故事。就现代医疗条件而言，白血病已经不算难治疾病了，90%以上都可以达到五年生存率，甚至部分能够痊愈。但阿丁得的，是一种超高危型白血病，多发于中老年，像他这年纪患病的极少见，但正因为他年轻，病情进展也更快，一年生存率仅20%。最有效的办法是进行异基因造血干细胞移植治疗。幸运的是，在亲属配型时，阿丁的弟弟配型成功，但弟弟却死活不愿意移植。那天，袁医生就是在跟阿丁的妻子谈话，让妻子好好去做做阿丁弟弟的工作，配型能如此成功，说不定用尽了一世的造化。

弟弟最终答应移植，但前提是要十万，妻子直接给了十万的现金。进手术室之前，弟媳妇又觉得十万不够，还得再加十万。妻子说：加钱可以，也得出来再说呀，一下去哪儿找十万去？弟媳不管，不给钱不进手术室。妻子只能哀求婆婆，婆婆只有一句话：孩子都成人了，我们也管不了。妻子没办法，找人临时凑了六万，余下的钱打了欠条，弟弟才进了手术室。所幸，手术很顺利。

过了差不多两年，我姐问我：你记不记得患白血病的那个阿丁？我说：记得呀。我姐说：死了！我觉得这种高危型的白血病，做了移植会有排异反应，挺过来就活，挺不过来就死，那不是正常吗？我姐却说应该是报应。

阿丁手术顺利，恢复也好，但跟妻子结婚两年，却一直要不上孩子。一检查，妻子子宫先天发育畸形，无法生育，阿丁便要跟妻子离婚。妻子说：离婚也可以，治病时给你弟的十六万，还有欠的四万，你得给我。阿丁铁了心要离婚，开始逼迫妻子，每天回家就打，完全忘了当初妻子是怎么救他的。最后，妻子钱也不要了，离婚就离婚吧。

离婚后的第二个月，阿丁白血病复发，母亲不管，弟弟也不管，像一条丧家之犬，最后孤零零地死了。因为我姐是矿上工会的，工会负责阿丁的后事，所以她知道来龙去脉。

阿丁的前妻，那个不幸的女人，在这件事之后，很快跟一个身体健康、爽朗阳光的工人结了婚。阿丁的弟弟拿着欠条去讨要那四万块钱，被工人一拳打倒，从此再也不敢来了。后来，夫妻两人领养了一个女孩，女人也在矿上开了一间服装店，每天脸上笑容不断。

最后时光

—

老牛什么都知道

认识廖师傅，是2010年的事儿。

那天办公室有些报纸要卖，正好来了个收废品的，我就卖给了那人。我们部门一个副主任知道后说：小王，我给你个电话，以后这些东西，你就让廖师傅来收。那些乱七八糟的人，弄得办公室到处是纸屑，有时候还连偷带拿的。

然后，我就认识了廖师傅，一个六十多岁的老汉，河南驻马店人。每次来收报纸，他都帮忙把地上的杂物收拾得干干净净。慢慢熟识后，我才知道，我们办公室的报纸只是小头，临床用过的纸箱子才是大宗交易。

廖师傅已经在医院三十多年了，专门从事这活计。他二十出头来的太原，没别的活儿，就开始收纸板。这行投入低，见钱也快，基本上天天有入账。廖师傅身上有老耕牛的品质，为人勤快、可靠，从不缺斤短两，渐渐包揽了医院的纸板、杂物收购。包括家属院，大家有点杂物废品，宁愿放角落里占地儿，也要等他来收。廖师傅就靠收纸板挣钱结了婚，生了两个儿子，又靠收纸板给儿子们在太原买了房。

有一天晚上九点多，下着雨，我刚值完班，看到廖师傅在路边台阶上抽着烟，便问：廖师傅还不回？再仔细看，发现他沟壑纵横、皮肤黝黑的面庞尽是悲伤，便问他怎么了。他说：我父亲住院了。我说：住院就住院呗，你在医院是老人了，和各个科室关系比我处得都好，好好看呗。他说：看不好了，胰腺癌。

在一些说法里，胰腺癌被称为“万癌之王”，平均生存时间只有六个月，五年生存率不足5%。我也不知道该说什么好，只能说，好好看吧，尽人事，听天命。廖师傅说：王老师，你们是文化人，医生说的我听不太懂，你说该咋弄呀？我说：尽量看，但别让病人太拖累家人，这不是你花钱就能看好的病，人有的时候要认命。

后来，听廖师傅说，他也没怎么给父亲在医院治。他围绕医院生活三十多年，见到太多的家庭最后人财两空。他把收纸板的活儿交给儿子，自己拿着准备看病的钱带父亲到全国各地旅游，想去哪儿去哪儿。父亲从来没坐过飞机，那就坐；没坐过轮船，也坐；没吃过海鲜，那就吃……想干什么干什么。转了很多地方，前前后后也就花了不到十万。

最后，父亲身体日渐衰弱，眼看着不行了，他们回了驻马店。距离查出胰腺癌九个多月后，父亲在家乡过世，在没有治疗的情况下，超过了这种病的平均生存时间。

在几个兄弟姐妹中，廖师傅是条件最好的，其他几人都在农村务农。因为廖师傅没有给父亲治疗，兄弟姐妹们都不怎么理他了。他们不理解，为什么父亲得了那么大的病，他不给治，反而父子俩到处乱跑，还说：父亲就是他带着在外面跑，累死的。

廖师傅问我：王老师，你说我有啥错？那病又治不好，不是白花钱、活受罪？我问：你兄弟姐妹们出钱了没？他说：他们过得不好，自己都顾不了自己，还出啥钱？几个在尘世中挣扎的兄弟姐妹，就跟商量好的一样意见一致。而遭到非议的老牛，其实比谁都看得通透。

他从来就没原谅

—

大象是怎样倒下的

一个周末，和高中同学出去玩。在车上他问我记不记得石涛。我说：当然记得。他说：前几天死了，我们几个同学去给他料理的后事。我大感震惊。

石涛比我们低一届，再次见到他是在2017年，高中毕业后的第十六个年头。我那个高中同学打来电话说：咱们一个校友血压控制不住，想去你们医院看看。我告诉他不用找我，找齐振煌就行，也是高中同学，就在我们医院心内科。

过了几天，石涛来医院看病。刚见面我几乎没认出他来，高中时有一米八几，瘦瘦高高的，现在目测二百多斤，体型堪比大象。

齐医生让学生给他量血压，学生怯生生地说：齐医生，要不您自己量一下吧。齐医生说：量出来多少你直接报就行了。学生说：低压150，高压220。齐医生一愣，说：我量量看。结果还真是高，低压130，高压195。齐医生说：石涛，你慢慢躺下，慢慢的。躺下后，直接就被收治入院了。

石涛开玩笑说，你们医生就是“好治不病以为功”，我除了爱出汗，一点感觉都没有。齐医生严肃地说：你听过“耐受”这个词儿没？你已经耐受高血压了，所以血压这么高你一点感觉都没，但你现在就是颗定时炸弹，脑血管随时会崩。

石涛住院十几天后，血压控制还算理想，高压略微偏高一点，但还能接受，于是办理了出院。中午我们几个高中同学一起吃饭，齐医生叮嘱石涛，一定要按医嘱吃药，定时复查，这病不是闹着玩的。

之后，我再没见过他。再次听到他的消息，就是死讯。

从朋友那儿得知，石涛其实是个苦命的孩子。高中时他学习特别好，在其他同学还苦苦中考时，他已经靠直升上了高中。高考时没有发挥好，只考上二本。心性好强的他在母亲支持下，复读一年，考取了一本。

本来，人生一切顺利。大二时，母亲查出了尿毒症，父亲担心最后人财两失，就选择了放弃治疗。没几个月，母亲过世。石涛因为父亲的作为和他反目成仇，见父亲一次就打一次。后来父亲迫不得已回了湖南老家。妹妹因为他打父亲的事，也跟他断绝了来往。石涛辍学，最后拿了个肄业证。

后来石涛跟着我们另外一个同学做工程，每年能赚个十几万，在太原来说，也还算不错。但他有点钱就开始流连各种风月场所。因为他为人仗义，又实在，风月场所一个小姑娘特别喜欢他，哭着喊着要嫁给他。我倒相信不是因为钱，一年十几万，根本谈不上多有钱，可能更多的是看上他的人。同学劝石涛，不如娶了算了，攒点钱，别有点钱都嘚瑟完，以后还要成家过日子，用钱的地方多。石涛说，就没想过结婚。

后来，他发现自己经常出汗，测血压发现血压高，这才有了我们那次相见。出院后，石涛按医嘱吃了一段时间药，血压一直比较稳定。可能是自己也有病了，也可能是经历得多了，他谅解了父亲，和妹妹也逐渐恢复来往。父亲跟他说，血压高的时候，躺下平复一下心情就行。半年后，父亲去世，他从此无父无母。本来石涛对高血压已经耐受，他觉得父亲说得对，躺下平复肯定有些帮助，干脆就把药断了，没事儿还要找几个同学喝酒。同学们都躲他，不敢跟他喝。

最后是齐医生发现石涛不对劲，因为他规定石涛每天必须走够两万步，帮助他减肥，这样才有利于控制血压，而石涛连续十几天微信运动里面步数都是零。齐医生给他打电话，关机，其他同学也都联系不上他。

齐医生怕他出事，约了几个同学去他家，敲门不应。石涛平时住单身宿舍，最后找来楼管把门打开，只见硕大如象的石涛赤条条躺在床上，而他嘴里吐出来的血，已经凝固成暗红色。因为是冬天，没有太重的异味，他就这么躺了十几天。

几个同学凑了两万块钱给石涛料理后事，纸扎摆了一屋，童男童女、房子车子一应俱全。第二天送火葬场前，他妹妹匆匆从外地赶来。

在送石涛妹妹去机场的路上，妹妹对同学说：我那会儿就不让我哥听我爸的，不吃药光躺下有什么用？他不听。我爸是故意的，他以前就是咱们矿上的医生。他从来就没原谅我哥。

芍药与翟欣

—

松鼠冬眠了

芍药姓陈，山西临汾人，我们是在一个咖啡馆认识的。她是那儿的服务员，一米六五左右，身材极瘦，脸窄窄的，一头短发，第一次见到她的时候我甚至以为她是个男孩子。她的语速很快，动作迅速，像一只敏捷的松鼠，充满了活力。后来我们熟悉起来，但除了在咖啡馆，我们基本上没什么交集，至于各自的隐私，更不会去打听。

芍药第一次给我打电话，是咨询身体不适的事情。她说最近做咖啡时总感觉一只手没有力气，尤其是手指，问我该看什么科。一般就诊都是先对症挂号，我给她推荐了骨科。后来她也没有再联系我，此事也就慢慢淡忘。紧接着我去下乡，之后和芍药两三年时间未见。

再次见到芍药时，我居然没认出她。她的双手已经和类风湿关节炎患者一样呈鹰爪状，下巴也已经扭曲，双腿顶着身子缓慢地在吧台后面调试咖啡，看到我亲切地叫了一声哥。我盯着她足有三五秒，才反应过来这是曾经英姿飒爽的芍药，我问：你这是怎么了？类风湿性关节炎？她说：是肌萎缩侧索硬化，也就是大家常说的“渐冻症”，我现在是“渐冻人”了。说这些时，她努力向我微笑，但好像最终也没能笑出来。

她说那次去骨科看病，做了CT、核磁共振等检查后，医生把她推荐给了神经内科，最后又做了同芯针肌电图、肌肉活检、神经传导测定等一系列检查，最终确诊为渐冻症。最早只是一只手无力，慢慢地两只手无力，再往后就是前臂、上臂，整个上肢都使不上劲，不久身体也开始有反应，好在咖啡店老板翟欣并没有因为身体不适而辞退她。

渐冻症是种非常残忍的疾病，至今不能根治，最多延缓，且预后效果非常不好，虽然大脑是清醒的，但最终身体会完全不能动弹，并死于呼吸肌麻痹或者心脏方面的疾病。

再次见到芍药，是因为翟欣给我打电话，说芍药最近情况不好，可能需要住院。经我一番联系后，住进了我们医院神经内科。我去看她时，她的身体已经完全扭曲，看起来小小的，根本不像个一米六五的女孩子。曾经活蹦乱跳的松鼠，被迫以一种奇怪的姿势“冬眠”了。芍药喉咙里“呼噜呼噜”不知道说着什么。翟欣说芍药是在感谢我来看她，也谢谢几次看病有我的帮助。

芍药最终还是在一个阴霾的下午走了，天空淅淅沥沥地下着小雨，殡仪馆临时棺椁上的黑黄色绢花，让我想到这个女孩在如花的三十岁年纪便永远地睡着了。只是这次，冬眠的小松鼠不会再醒来。在告别会上，咖啡馆的常客都去送她。翟欣用投影放了一段影片，是芍药情况尚好时录制的，里面讲述了她简单得不能再简单的一生。在告别会的尾声，翟欣做了最后的发言，她说芍药是她的女朋友，她俩一直以来都没有对外公布。芍药本想把这个秘密一同带走，这样也不会影响翟欣今后的生活，但翟欣还是决定公布出来。

翟欣说完这些话，我突然发现，芍药的家人，包括父母、兄弟姐妹们都没参加告别会，包括看病期间也一直都是翟欣一个人在忙碌。

为什么做父母不需要考试？

—

冷血的蛇

这个故事是璐姐给我讲的。

小宇是个十六岁女孩，璐姐第一次见到她时，她正在神经外科门口徘徊，面容清秀，但神情委顿。璐姐出于好心，问她找谁。她说：姐，我叫小宇，是十二中的学生，您能不能借我二百，我需要做个CT，但我没钱。璐姐第一反应是骗子，便问她为啥做CT，是哪个医生给看的。小宇说：陈主任给看的，说是要做核磁共振，但要八百块，我没钱，陈主任说先做个CT大概看看也可以。

陈主任是全省神经外科数一数二的医生，又和璐姐一个科，璐姐就给陈主任打了电话。情况属实，陈主任怀疑小宇脑子里长了东西，但需要CT或者核磁共振查验一下。璐姐问清楚后，就给了小宇二百块钱。

CT结果下午就拿上了。小宇到科里找陈主任，陈主任一看，果然左侧侧脑室后角旁和侧脑室内有占位。根据形态，他高度怀疑是胶质瘤，但需要做一个核磁共振确诊。陈主任说：小姑娘，给你父母打电话吧，事儿太大，你一个人做不了主。小宇说：我父母不会管我的，他们早就离异了，爸爸有了自己的家、自己的孩子，妈妈也再婚，也有了自己的孩子。我没人要没人管了。

后来陈主任得知，这段时间小宇总头疼，于是告诉了妈妈，妈妈却说是她不好好学习，在找借口，不领她看病。她头痛得厉害，才自己来医院。陈主任要了小宇爸妈的电话，两人都说各自在忙，第二天才能回来。

第二天，璐姐见到了这对父母。小宇说：要不是因为这次得病，我都好久没有见过爸爸了。陈主任给小宇爸妈简述了病情，胶质瘤是一种来源于神经系统胶质细胞和神经元细胞的常见恶性肿瘤，根据细胞种类，分为星形细胞瘤、胶质母细胞瘤等多种类型，预后效果各不相同，但有一个特点，就是复发的可能性极大。小宇现在就是因为胶质瘤生长，挤压正常脑室，颅内压增高引发了头痛。

整个病情介绍过程，这对父母都表现得极其冷静。最后，小宇爸爸问，大概费用多少？陈主任说：五六万，医保可报销一部分，自己负担两三万。小宇爸爸转过头跟小宇妈妈说：孩子跟的你，我不管。说完起身扭头离开。小宇妈妈原地愣了半分钟，和陈主任说：病是你们查出来的，你们自己处理。说完也转身走出了办公室。

这两条冷血的蛇就这么带着森森寒气前后脚离去，只留下愕然不已的陈主任、小宇和璐姐。陈主任只能安慰小宇，他们一时缓不过来，过几天就会给你治。

几天后，璐姐手机突然收到一条到账短信，二百元。紧接着一个陌生的手机号发来了一条短信：璐姐，谢谢您，这是还您的二百元，我父母要带我去北京手术。璐姐当时觉得特欣慰，这孩子最终还是有救了。

两个月后，有人找璐姐看病，是十二中的一位老师。璐姐说：我认识你们那儿一学生，叫孙小宇，您认识不？那位老师说：我知道这孩子，隔壁班的，得了脑瘤已经去世一个月了。璐姐说：不是去北京做手术了？老师说：没有做手术，就在家等死，他们班主任也曾经做过家长工作，家长就是不带孩子看病。其实这孩子家境还算可以，几万块钱手术费没问题，但是因为各自都有了家庭，早就觉得这孩子是个累赘了。据说，去世之前，因为头痛得厉害，她就揪自己的头发，又用头撞墙。她妈妈把她锁在家里出门去打麻将，回来时人就没了。小宇最后的人生，该有多么绝望！

璐姐回来看着我家的楚乔、楚瑜两个孩子，一把抱在怀里就是哭。

有风吹过

—

平静的骆驼

老胡是我姑父的弟弟，虽然沾亲带故，但我此前从未见过他。突然联系我的人都没有好事情，老胡之所以给我打电话，是因为他媳妇得了肺癌，想来我们医院看病。

见到老胡，我就感觉看到了我父亲的影子，五十来岁，身材修长，背有些驼，但身影中显露出骆驼般的坚韧。他头发花白，脸上的皮肤有着煤矿工人特有的黑点，眼睛柔和、闪亮。

他媳妇则完全是那种从农村搬入城市的家庭妇女的样子，衣着朴素，见了人只是微笑，不会说什么客套话。这段时间她一直咳嗽，最近开始咯血。在县里检查，影像科医生说是肺癌，临床医生觉得又像是肺结核，没办法定夺，就来我们医院确诊。

这种有争议的疾病，没办法走正规流程，我就帮忙约了放疗科主任。主任拿上胸片一看，说肯定是肺癌，而且还得做个增强，有可能已经转移了。我问主任，片子上看着只有结节，为什么就会转移。他说患者这个影像看着是结节，但数量太多，所以转移可能性比较大。

老胡问：有没有可能是肺结核？结核菌素试验说是有结核病。主任说肺结核和肺癌都有。这个胸片的复杂之处就在于肺癌形成的结节和肺结核形成的结节混合在一起，二者都不是特别典型，但是仔细看还是能够看出来，在光滑的结节周围，还有很多边缘毛糙的结节，这些就是肺癌造成的。很多农村来的五十多岁不吸烟的女性会得肺癌，可能跟生火做饭有关系，是油烟和炊烟二者交替作用造成的。

后来，老胡媳妇做了一个PET-CT检查，发现癌细胞已向肝脏和骨骼转移。我问老胡准备怎么办。他就像什么都没发生过一样，淡定地说：既然已经转移了，就不准备治了。媳妇跟着自己一辈子，基本没享过福，她一直想回老家，那就陪她回老家住些时候。

再次见到老胡，已经是五个月以后，我陪着父亲去参加他媳妇的葬礼。农村的葬礼，除了祭拜时子女们哭泣几声，悲伤的气氛少一些。可能因为人们看惯了四季交替，植物生长、成熟、收割，人也是如此，所以农村葬礼更像是一次族亲间的大聚会。老胡对热热闹闹的大家说，一定要吃好、喝好。

晚上我睡不着，就在村里闲逛，走着走着走到灵棚前。亲戚已经散尽，白色的雪柳和灯火辉煌的灵棚在黝黑的天空下格外显眼。灵棚旁边就是玉米地，玉米在夏季雨水的滋润下野蛮生长着，但也无法逃脱秋天的收割。

老胡让子女们回家睡觉了，他一个人在灵棚前的小桌子旁自斟自饮，嘴里还念念叨叨。那些方言我在远处无法听得太明白，走近了才知道，他在和亡妻诉说着此生的不易。他们一起从农村到城市，一个在煤矿下井，一个在矿上卖面皮。后来子女渐长，他在下井之余开小卖部，她边看孩子边帮着做生意。

老胡说他知道媳妇儿在矿上曾经有过其他男人，但他可以假装不知道，因为自己也不是无辜的。才五十来岁她就走了，那些事儿算得了什么？在一世夫妻面前，阴阳两隔大概才是最大的遗憾。他让她放心，他会供孩子读完研究生，他会替她操持孩子结婚，他会替她看着孙辈长大。说这些的时候，这头背负了许多的老骆驼异常平静，没有眼泪，没有哽咽。

最后，老胡喝多瘫睡在椅子上。有风吹过，只能听到风的声音呜呜划过，却找不到风到底在哪里。

上什么山唱什么歌

—

一千只鸭子

文子给我打电话的时候是晚上十一点半，第一句话是问我认不认识肛肠科大夫，第二句话是他马上就到我们医院了。我说：你这大晚上给我打电话就问下三路的事情，没听说你有这嗜好啊。得知是他妈妈身体不舒服后，我才知道我乱说话了。

一周前文子的妈妈做了痔疮手术，过了一周开始出血，止都止不住，当地医院的大夫束手无策。文子怕连夜赶往我们医院，不找熟人连床位都没有。我说：兄弟你电视看多了吧，只要有生命危险，没有哪个医院会往外推病人，就是大夫们不睡，都得让你妈睡下。

普通的痔疮手术，这种术后出血很正常，但最奇怪的是，上手术台再次打开创面又找不到任何出血点。血色素下降到6.8g/L，相当于身体里一半的血都流出来了。文子悄悄问我：是不是那家医院大夫水平不行给做坏了？

我看着那个五十多岁的老主任，大半夜护送病人过来，寒风中满头大汗，还得接受家属的质疑，突然想起了“战战兢兢、如履薄冰”这八个字。虽然是好朋友，但我真想用一巴掌拍死这只“蚊子”。病人的个体差异千差万别，这位老主任我也久有耳闻，在业内也算是老资历了，怎么会有他说得那么不堪？

接诊的是我们医院肛肠科一位年轻大夫，站在病人身后一直用油纱条按压止血。其实这大夫比我还小两岁，病人出血已经出现阶段性休克，但他依然镇静自若地止血。文子和他姐姐在旁边，一会儿问他妈是否有救，一会儿问是不是上消化道出血。还上消化道，除了专业相关的人，有几个能分清上消化道和下消化道？文子的姐夫直接让大夫做个肠镜，觉得做个肠镜就啥都看清了。这情况还做肠镜，肠镜探头进去就为了看血海翻滚？最搞笑的是那个不知道是文子什么亲戚的人，直接指挥医生，说翻开肠子找到出血点就好了！这话说得要多暴力有多暴力，要多外行有多外行。正常人仅大肠就一米五，还想翻开找仅以毫米计的出血点，那是肠道，你以为是你家的尼龙袋子，想翻就能翻？能不能再有想象力一点？

有人形容两个女人聊天就像五百只鸭子一样聒噪，而这几个心急的家属，简直像一千只鸭子七嘴八舌，让我有些哭笑不得。这是医学，医科学生本硕八年寒窗苦读也只能说算是初识皮毛，一天医科都没读过的家属居然想指挥大夫抢救。

顶不住压力的年轻大夫放下狠话：病人有痔疮的手术史，首先考虑创面出血，不排除血管畸形，其次才考虑上消出血，你们再乱指挥你们来治吧。还好他很给力，给病人临时止住了血。

第二天做介入造影，发现病人是天生血管畸形，血压升高引发出血，和手术半毛钱关系都没有。这种畸形血管的医学统计概率是将近千分之一。

其实，痔疮手术也是手术，只要是手术就有风险。大夫们只能按正常的诊疗和临床经验来治，像这种千分之一概率的血管畸形，总不能来一个病人就先做一个介入造影确定是否畸形吧？上什么山唱什么歌，来了医院听大夫的，毕竟他们见过的病人比见过的正常人都多。

不歧视，但鄙视

—

老狐狸

伍德的原名我们都不知道，病历上写的是“无名氏”，为了方便叙事，我暂时给他取这样一个名字，其实他配不上这个“德”字。

伍德是急诊救护车深夜送来的，六十五岁，男性。他被送来的时候，我老远就听见吵闹声，接着看到被急救人员用束缚带固定在床上的伍德。他晚上在街市上走着，突然一头栽在路旁的烧烤桌上，口吐白沫。热心群众拨打急救电话，120将他送到医院。此时他已经有一些精神症状，接诊医生查体后，高度怀疑是脑出血。

脑出血的原因一般分两种，一种是外伤性出血，一种是血管病出血。外伤性出血一般先消肿，如果出血且量大的话，就需要立即手术。伍德头顶部出血30毫升，这就属于需要立即手术的。术前做了各种检查，血检一出来，HIV阳性。

医务人员一般对HIV阳性患者没有任何歧视，不论是一般手术还是检查，只要和医生说明了，都会给做。我们医院的神经外科是全省最好的，做这种类型的手术那是小菜一碟。唯一麻烦的是，因为伍德是“无名氏”，术前总值班得不停地签一些单子。

手术很顺利。伍德回了病房，渐渐苏醒，急诊抢救室的噩梦也就开始了。医生问他名字，他瞪着眼睛不理人，问他住址，也一个字儿不说。医生怕是术后后遗症，但没有颅内感染，也没有血肿，手术很漂亮，怎么会有后遗症呢？之后想，这人是不是本身就智力有问题？又发现貌似除了不说话，别的也没什么不对劲的地方，眼神明亮，反应敏锐。

到饭点的时候，护士们打饭时给他捎了一份，他看护士们有菜有肉，就嚷嚷着要肉吃。护士发现这人完全正常呀，再问他名字、地址，让联系家属，他依然不说话。医生说，这种情况见过很多，没钱，怕拖累家里，所以就装聋作哑了，倒是也能理解。因为医院有针对这种情况的急救基金，所以费用也不用担心。

过了几天，达到可以出院的标准，医生就让伍德签字出院，他却不愿意了，拒不离开，而且越来越离谱，在房间便溺，把自己的大便甩得到处都是。医院没办法，只能报警。警察一来，他才老实，提供了家属名字和联系方式。

我给家属打电话过去，对方确认是这人的女儿，问病人叫啥名字，她却不肯说，只说他在县里是“名人”，能臭半条街那种。医生说：无论如何，你得把父亲接走呀！女儿说：我有兄妹三人，父亲从小不是打哥哥弟弟，就是打妈妈，并且在自己三岁时弃家出走，近些年老了，才开始联系我们。接是不可能接的，医院想怎么处理就怎么处理，住院费也不可能负担，这种父亲我不认。

女儿大概率说的是实情，我能听出她言语里的那种咬牙切齿。作为医疗行业从业者，我并不歧视HIV阳性的患者，但作为一个人，我鄙视伍德，残暴、自私、狡诈、不负责任，他有病，同时也是一个家庭的顽疾。

对这种病人，警察也没什么特别好的办法，最后急诊科主任以医院名义联系了村委会。村党委书记来了医院，一进病房，抬脚就踹伍德，骂道，你这是给咱们村丢人败兴。

伍德离开医院的时候，嬉皮笑脸地跟分诊处的工作人员说：我下次病了，还来你们医院。他眯缝着眼睛的样子像一只老狐狸，透着残暴、自私、狡诈，一副有恃无恐的样子。

“好人”老李

闲驴

老李是大家公认的好人，身材瘦削，由于常年在村里生活，皮肤黝黑，脸上沟壑纵横，露着四颗烤瓷门牙，一笑整个牙龈都能露出来。

秀才给我打电话的时候，我正在睡觉。他说老李昏迷了，正从县医院来我们医院的路上。老李是我下乡那个村的村委会主任。八十年代在岚基当兵，领导让他去放羊，他能做到每个月偷杀一只羊和老乡一起吃，同时三年当兵期间，他的羊还能一只不多，一只不少。我在的那个村，前任村主任欺男霸女，被自己的叔叔告了下来。所以老李退伍回到村里后，人们一合计，还是选一个善良的人当村主任吧，由此老李上台，开启了他十八年的村主任生涯。

我在急诊科见到老李时，他还躺在120的抢救床上，脸色蜡黄，口中条件反射般吐着泡泡。送老李来的是村委副主任秀才。秀才告诉医生，老李一开始的症状是头痛，在乡里开脱贫攻坚会时，头痛得撞墙。去了县医院，发现有肺结核，同时颅压也高，就按着结核性脑膜炎来治。但没想到越治越严重，渐渐开始间歇性嗜睡，最后出现了浅昏迷症状。

村子以前是繁峙县最好的村子之一，水利设施完善，土地平整。老李当上村主任以后，吸取了前一任村主任的教训，从来不欺负任何一个村民。但是，他也不给大家办事儿。上面有光伏政策，他跟乡里说，我们村不要；上面能给一些救济衣服，他说，我们村都有。这些年来，他没有祸害村里任何一户人，但也没有给村里带来任何好处，就像一头到处溜达的悠闲的驴子。唯一的劣迹是村里谁家需要办个低保，他私下跟人家要上二三百块钱；唯一的爱好就是在村民家里喝酒，他倒是不在乎什么酒，两三块一斤的勾兑酒，也能喝得津津有味。

我下乡那会儿，早晨找老李说事儿，他睡眼惺忪，说还没喝酒，脑子不清醒。中午陪他在饭店喝点，三两下肚，他就又五迷三道了。下午三四点回了村，能一觉睡到第二天早晨。所以我每天找他说正事儿的时间，只有中午喝了一点点酒之后的半个小时。村里人最常说的就是，老李是个好人……

老李来了我们医院后，转入了神经内科，做了腰穿，确诊为结核性脑膜炎。但是县医院已经按结核性脑膜炎治了一个多星期，并且治疗方案没有任何问题，都是一些经典手段，按理说应该有非常好的疗效，结果越治越重，道理讲不通呀。

神经内科副主任也不知道怎么回事，就提议去找找陆主任。陆主任当时已经将近八十岁，他来病房后，看了看昏迷的老李，问了问病史，跟家属说：你们出去买上二两汾酒，一定要在超市买，保真。

家属将酒买回后，陆主任扶起老李，一点点喂下去。不到半分钟，老李睁开了眼睛。陆主任给我们解释，患者有结核性脑膜炎肯定没问题，但还没到这么严重的地步。他从十八岁开始，每天一斤酒，现在五十七了，突然戒掉，又伴随有脑炎，这是罕见的酒精戒断反应。家属问，那怎么办？陆主任说：继续喝吧，一辈子了，一下戒掉对身体损害更大。

半个月后老李出院，结核性脑膜炎已经治好，酒瘾也得到了“官方认可”。晚上，村民给我打电话说：你们救他干啥，村里的事儿一点也不办，这治好了，回来又得喝村里多少酒。我说：你们不是一天到晚说他是好人？村民说：哎，好人的害，坏人的菜。

原来老李只有本事糟蹋老实人，而对于村里的坏人，他往往采取绥靖政策，将一些本应属老实人的利益，通过暗箱操作输送给了坏人，防止他们闹事儿。

阿莲的丈夫

—

蜗牛弃壳

康复科一直是一个很小众的科室，在医院存在感不是很强。那天去康复科，患者很少，偌大的康复大厅里，只有一个五十多岁的女人在做康复训练，一个护工和一个同样五十多岁的男人陪着。

康复一般都是经年累月地做，医生和患者相对比较熟悉。康复师小董医生说：这是一对夫妻，我以后要是能找一个这样对自己的男人，死都值得。

女人名叫阿莲，那年五十三岁，三十多岁时由于脑出血，下半身完全没有了知觉。丈夫是某个大型企业的一把手，三十多岁就已经是中层，四十多岁提成副总，不到五十做到了老总的位置。但这么多年来，无论多忙，只要不开会，都会在周末陪妻子来做康复。他就像一只蜗牛，背上的壳就是他灵魂的处所，家是他最重要的东西。

妻子脑出血刚做完手术时，医生断言，能再站起来，除非发生奇迹。阿莲家条件比较好，所以从2000年开始到全国各地看病，中国康复研究中心、针灸研究所、各大对症的医院，听到哪里康复做得好，就去哪里做。

一开始是阿莲的母亲陪着去，丈夫上班。后来母亲身体日渐衰老，就专门雇了个人，但丈夫只要有时间，都要在周末陪她。阿莲跟董医生说，要是没有丈夫这么多年来的不离不弃，真不知道如何挺过来。阿莲的丈夫是朝鲜族人，身高一米八，身材瘦削，戴一副眼镜，看上去文质彬彬。尽管已经五十余岁，依然能看出来当年也是有着迷倒众生的皮相。经过多年的康复训练，阿莲现在可以拄着双拐下楼遛弯了。小董医生说，这就是她羡慕的爱情，不离不弃。我也觉得，这就是爱情应该有的样子。

一年后，我在一个很偶然的机会，认识了阿莲丈夫企业的一位高管。闲聊中得知阿莲的丈夫被双规了，现在已经进入了司法程序。当时我都要惊掉下巴。

阿莲丈夫在业内非常有声望，不吸烟，不打牌，不和女人交朋友，几乎没有任何不良嗜好。后来，一个有业务关系的老板，带一个漂亮的女员工天天去他那儿谈业务，没想到阿莲丈夫还真是目不斜视。直到有一次，老板带了个朝鲜族姑娘。大家喝了点酒，姑娘能歌善舞，老板发现阿莲丈夫的眼神开始有点不对，后面的事情也就水到渠成了。后来，蜗牛放弃了他的壳，也就没了原则，把能办的事情都交给那个老板办了，还一个劲儿地说：真是太感谢你了，我隐忍了这么多年…… 那老板的生意越做越好，就成了顺理成章的事情了。

再后来，姑娘的弟弟被安排进企业，做了采购部门负责人。在一次采购过程中他吃拿卡要，最后被供货商实名举报，导致阿莲丈夫也东窗事发。

阿莲继续在康复科做康复训练，只是她丈夫相伴的身影再不曾出现。而小董医生，亲眼看着那个壳被遗弃，支离破碎，再也没有在我耳边叽叽喳喳说什么爱情的样子了。

保大还是保小

—

蚂蚁的命运

在一些不靠谱的医疗剧里，经常会有医生探出头来问家属一句：保大还是保小？其实这样的情况，在现实中是不会发生的，按照医疗原则，如果有危险，孕产妇肯定是优先救的。

前些天，医院来了一名孕产妇，二十五岁，有先天性心脏病。来的时候兴师动众，父母、爱人、公婆，五人陪同。救护车一到，她的爱人呼天抢地跑进来叫护士，说他们是从外地转来的，当地医院不敢接，让转到省城大医院。

接诊医生问家属产妇有什么既往史。一家五口都说啥问题都没有。这时医生提高了警惕，既然没有既往史，为什么要从市医院转上来？这不合常理。跟家属要围产本，家属说没有。医生拿听诊器简单一听，心脏杂音这么厉害，再一测血压，舒张压120mmHg，收缩压180mmHg，转头看了一眼家属没说话，直接要送重症室，家属却说只带了一千块钱。

医生高度怀疑产妇先天性心脏病加妊娠高血压，随后做了B超，还是前置胎盘——这些情况是极高危的，搞不好就是一尸两命。医生把情况跟家属交代清楚，产妇的婆婆说，你们别吓唬人，谁家还没生过孩子，不行我们就回家生，我儿子就是在炕上生的。医生转头看产妇的丈夫和父母，但三人将头低下，不置可否。

医生没办法，就给总值班汇报。总值班一听这情况，哪敢让走，一旦回家，基本上可以断定会一尸两命。哪怕出于保护医院声誉的考虑，也不能就让这么出院——北医三院产妇事件前车之鉴未远，当时产妇因主动脉夹层破裂死亡，家属打砸医疗区，追打医务人员。这些家属一看也不是善茬，是否有其他目的也未可知。总值班先签字治疗，后续费用再说。

完善检查后，安排给产妇做剖宫产。术前谈话，家属拒绝签字，表示还是没钱。产科没办法只能请示医务处，再逐级上报。最后领导拍板，高危孕产妇必须全力救治，治疗费用先由医院兜底，哪怕随后找人捐款资助，也不能因为治疗不及时出问题。

生产那天，他们全家在门口等候。生产过程十分凶险，手术室医生下了病危通知。产妇的丈夫和婆婆像疯了一样拍打着手术室隔离门，医生出来问有啥诉求，他们说保小、保小，一定保小。医生斜瞥了一眼，不理他们，就把小窗户关掉。女孩的父母在后面没说一句话。

还好，结果不错，母女平安。生产结束后，新生儿的体检显示心脏有明显杂音，也是先天性心脏病。那天以后，产妇的丈夫和公婆再没来过医院。

医生跟产妇聊天时，产妇问：给我下病危的时候，他们要保大还是保小？医生没直接回答，告诉她这种事儿，他们没权利决定。产妇追问：到底保大还是保小？医生无奈地告诉她保小。仿佛在家人眼里，产妇不过一只蚂蚁，生死无人在意。

出院的时候，别人都是一帮人陪同，产妇独自一人，用一块粉色的小被单包着女儿进了电梯。即使这块小被单，也是同室产妇觉得她实在可怜送给她的。

几天后，急诊科的保洁员在卫生间发现了一个婴儿，包着同样的一块粉色小被单，那婴儿像一只小小的弱不禁风的蚂蚁。随后，被儿科医生诊断出先天性心脏病。

不再相见

—

鲸落

见到张二妮的时候，她正在重症医学科的病房里，剃了光头，头部深陷在枕头里，面色苍白，看上去分不清是男是女。可能是呛痰，偶然身体会条件反射似的抽搐。除了大型呼吸机，床上还挂着一个简易呼吸机，监护仪发出"滴、滴"的声音，表明她还有一息尚存。

医生说张二妮已经进入了脑死亡状态，现在就是维持着，等器官协调中心的工作人员来获取器官。

三天前，张二妮还是一个一切正常的保姆，只是血压有点高。那天她像往常一样做了饭，跟雇主一家一同吃饭，洗了碗，收拾了房间。临睡前，张二妮突然觉得有些头痛，去卫生间吐了两次。雇主关心，张二妮觉得是吃坏肚子了，估计没什么事情。雇主说：一口锅里吃饭，我们没事儿就你吐，要不去医院看看吧？张二妮说：要不明天吧。随后就进了她的小卧室。

半夜，雇主听到她的房间传来杯子碎裂的声音，接着又是一声重响，这是张二妮生命的尾声里最后一次，也是唯一一次挣扎。雇主过来看的时候，她已经躺在地上，嘴里呼噜呼噜地吐着泡沫。雇主赶紧叫了救护车，送到当地医院。医生诊断是脑出血，出血量非常大，推测应该是高血压加脑血管畸形引起的动脉瘤破裂，出血量超过100毫升，要赶紧转省里大医院。

来到我们医院时，张二妮已进入脑死亡状态，家属并没有随同，前前后后都是雇主在陪同。器官协调员评估了张二妮的身体状况，认为符合捐献条件，就联系张二妮的丈夫。丈夫一开始并不同意捐献器官，在听说会有一定的经济补偿和丧葬费补助后，开始沉默。接着又联系子女，子女们并没有做过多的讨论，说一切以父亲的决定为准。第二天，器官协调员接到了丈夫打来的电话，说器官可以捐献，但医院必须负担全部的医药费、丧葬费，并给予最大限度的经济补偿。后续会有很多的文件要签，器官协调员说：那么我们派车去接您？您来签一下文件吧！丈夫说：不用了，你们替我签了就行。协调员说：不见最后一面了？获取器官后，只能直接送到殡仪馆火葬。丈夫说：不了，我们本来也有十多年没见了，婚姻早就名存实亡。在获得授权后，器官协调员办完后续的手续。

很多人都疑惑，为什么器官是无偿捐献，而器官移植手术又费用颇高。因为一部分费用要对捐献者家属进行补偿，一部分要用于丧葬，还有一部分是获取和移植两台手术的费用，前前后后二十多个医生、护士，要忙碌一天一夜才能完成获取和移植。电视剧里那种在仓库里偷摘器官的桥段，基本是瞎扯，那种条件获取的器官，完全不能满足医疗要求。

张二妮的器官获取手术结束后，医生们为她穿上了寿衣，绸缎做的寿衣，红色的底，黄色的条纹。张二妮面部已不是苍白，而成了灰色。尸袋拉上之后，她便不再属于这个世界。之后，她会被送到火葬场，她的身体将会化成一掬骨灰，而她的眼角膜、心脏、肾脏和肝脏，将以另外一种形式活在这个世界。一鲸落，万物生。

第二天，我也做了捐献登记。

当爱已成往事

—

落单的鸳鸯

宋春爽是医院神经外科的一位医生，蒋涛是她的师兄。多年以来，宋春爽一直背负着道德枷锁——她是所谓的小三上位。

毕业进入医院，蒋涛就是男神一般的存在，身高一米八，身形瘦削，由于近视，眼神还有些迷离，KTV一首《一生何求》，特有落魄文人的感觉。当然他并不落魄，用他师傅的话说，蒋涛是天生的外科医生，一双纤细的手敏捷准确，一颗强大的心处事不乱。所以毕业五六年，他就在科里扛起了大梁。

蒋涛的缺点是花心，曾经因为聚会时行为不端被科主任狠狠批评过，但依然我行我素。在经历过各种分分合合后，跟内分泌科一位女医生结了婚。

五年后，宋春爽作为一名规培医生，来到医院。她在很多场合说过，非蒋涛不嫁。那会儿大家都知道，他俩还没发生什么事情，完全是宋春爽的单相思，但宋春爽对蒋涛是真关心。举个例子，每次蒋涛上手术，宋春爽都会问手术室蒋医生什么时候下手术，她会给蒋涛晾一杯水，等蒋涛回科里时，这杯水刚好不冷不热。在宋春爽热烈追求下，蒋涛最终离婚跟宋春爽组建了家庭。

这段婚姻所有人都不看好，但宋春爽不后悔。她说不论以后如何，只要能嫁给蒋涛就可以。为了照顾蒋涛生活，宋春爽主动离开临床。闺密曾经劝她，为了一个男人放弃事业不值，会后悔的，但她不听。不出所料，两人结婚一年不到，就有各种桃色新闻传到了宋春爽的耳朵里。宋春爽选择不闻不问。直到有一天，她面前出现一份离婚协议。宋春爽面无表情地把协议撕掉，对蒋涛说：你在外面怎么样我不管，但我肯定不和你离婚。从此，蒋涛很少回家。即便如此，宋春爽每天还是会给蒋涛做好饭，晾好水。

几年后，宋春爽收到法院传票，蒋涛起诉离婚。那天，宋春爽独自出庭，蒋涛带着他的新女人。那个女人眉眼间充满挑衅。陈述离婚原因时，蒋涛说宋春爽对他太好了，好到让他无法忍受。说到情绪激动的时候，他突然一头栽倒在地。在场所有人都没反应过来怎么回事，宋春爽跑过去一看，蒋涛已经出现呕吐、意识障碍，宋春爽知道这是急性脑出血。她把蒋涛平放，解开衣领，令其头部后仰，随后拨打急救电话。但是120还没来，蒋涛已经出现瞳孔不等大、呼吸障碍。同是神经外科医生，她知道蒋涛已经开始脑疝，如果不急救，人肯定就没了。

她一把抓过法官的钢笔，准备用笔尖给蒋涛做气管切开。蒋涛的新女人一把扯住她，法官也劝她，一旦有意外，宋春爽要负重要责任。但宋春爽丝毫不犹豫，用笔尖戳开了气管。

最后蒋涛还是没有抢救回来。送医院后发现，他是脑干出血，并且出血量16毫升——脑干出血10毫升以上，救活的概率基本为零。

最后，蒋涛的新女人起诉了宋春爽。宋春爽在法庭上说，她当时做气管切开，完全是从一个医生角度，没有掺杂任何个人感情。专家也证明，宋春爽的做法，虽然不符合消毒原则，却是当时唯一的办法。也是在这时，宋春爽才知道那个女人已经怀了蒋涛的孩子。

一年后，女人带了一个男孩见宋春爽，说：这是蒋涛的孩子，可以过继给你，但你要付给我一部分费用作为补偿。那个女人吃准了宋春爽的心理——宋春爽几乎没有犹豫，答应她的条件，留下了孩子。

蒋涛去世后，宋春爽像一只落单的鸳鸯，依然每天给蒋涛做好饭，晾好水，但她再没有等到蒋涛归来。

凝视深渊时

—

绵羊的反抗

张昱不是第一次来医院皮肤科了。

第一次来，是因为起了一身莫名的小红点，皮肤科医生初步诊断是接触性皮炎，给开了百多邦软膏。可是一个多月过去，这个身高一米八，长得方方正正的小伙子不但不见好，反而越来越严重，形象也大打折扣：小红点慢慢扩散成红斑，有的地方还出现了水疱和坏死，指甲也变得又脆又薄，其中两个干脆脱落，露出鲜红的血肉。医生担心是红斑狼疮，但他的红斑又不是红斑狼疮特有的蝶形或盘状。

就诊过程中，医生注意到张昱一直在咳嗽，问他什么时候有这症状的。张昱说起疹子没几天就开始咳嗽，估计是感冒了，一直好不了。医生觉得有可能是系统性红斑狼疮，就给他做了血、尿的定量分析。

结果出来后，医生问张昱做什么工作的。张昱说无业在家。医生又问最近有没有接触过百草枯。张昱反问：百草枯是啥？医生说：一种剧毒农药，我怀疑你这是百草枯中毒。进一步查体后，发现他口腔黏膜充血，中上腹有压痛感觉，低血压，肺部有啰音。医生确定，张昱一定是百草枯中毒，赶紧做了肺部CT，结果显示整个肺已经严重纤维化。医生让张昱马上转急诊科，这病不好看，随时要命。

张昱去了急诊科，但心想可能也没这么严重，或许是医生在吓唬他。急诊科刘主任让他赶紧通知家属，并重新抽血、留尿作毒物鉴定。最终毒物鉴定结果显示确实是百草枯中毒。

问题是，毒物来源是什么？病人没有接触史，像张昱这种极度配合的病人，也不像是要自杀的人。洗胃后从胃液里也没有检测出百草枯残留，但血液中百草枯残留却出奇地高。正疑惑着，张昱的妻子李晴来到了急诊室，她年龄和张昱相仿，身材好，皮肤白，面目清秀，说话柔声细语，给人感觉是个绵羊般温顺的女人。刘主任心想，这女人真可怜，年纪轻轻就要经历丧夫之痛了。百草枯中毒，病情大多呈渐进式发展，病人前期看似活蹦乱跳，三天内肺、肾、肝、心脏等脏器就会相继出现损害，七天内出现肝功能异常等肝损害表现，甚至出现肝坏死，接着会出现迟发性肺纤维化，最终死于呼吸衰竭。而张昱来医院的时候，已经出现了肺纤维化，估计也就三五天时间了。

在向家属交代病情时，李晴问刘主任还有什么办法，只要有一丝希望，他们就一定不会放弃。刘主任说：依现在的病情，只有一条路可以走，就是肺移植。但2017年全国见报道的肺移植仅两百例，一例手术不仅费用超百万，还要有合适的肺源，怕是来不及了。李晴表示，钱她可以想办法筹，请主任一定帮忙联系合适的肺源。

但一个问题一直萦绕在刘主任心间：夫妻双方都生活在城市，也不在化工厂或者农业部门工作，照理说应该没有接触百草枯的机会，张昱为什么会百草枯中毒，并且完全符合经皮慢性中毒的症状？这个看似急切的妻子，不一定那么简单。刘主任选择了报警。

警方介入后，在张昱租房的淋浴水箱里发现了百草枯残留，并在卫生间柜子里发现了被撕掉标签的百草枯空瓶。所有证据都指向了李晴。

后来，从警察那儿得知，夫妻二人从小一起长大，从农村到城市打拼。张昱不仅好吃懒做，还有赌博恶习，每每输钱后便喝酒，喝多了便回来打老婆。为了维持自己的恶习，居然打算让老婆去卖淫，自己当皮条客。李晴几次想离开，他又威胁说只要敢离开，就找她的家人报复。绵羊一般温顺善良的李晴，没有别的办法，最后决定铤而走险，找来百草枯，每天加几滴在淋浴水箱里，长达几个月之久。

住院的第三天，张昱去世了，死于呼吸衰竭。他死的时候，会想起什么？是“郎骑竹马来，绕床弄青梅”，还是“我的家乡没有霓虹灯”？

我想起了尼采那句“当你凝视着深渊时，深渊也在凝视着你”。

赌徒仔哥

—

折翼的斗鸡

仔哥是我高中同学。高中时我们都爱踢足球，这哥们球风彪悍，即使在煤渣球场上也敢铲球，带起阵阵黑烟，所以我们都叫他仔哥——牛仔一样帅的“仔哥”。

很多年，我们都无法联系上仔哥，原因是他借了很多同学的钱——是很多同学的钱，而不是同学的很多钱。数额都不大，多则五千，少则三千，我们联系他也不是为了要账，而是为了能够持续友谊。对于一个人来说，真正能称为朋友的，其实并不多。

前两天我参加平遥摄影节，一个陌生的号码给我打电话。我挂掉，对方继续打，我继续挂，之后我收到短信：我是仔哥，急事回电。我赶紧给对方回过去，他说他父亲住院了，脑出血，在我们医院急诊科，问怎么办。我打电话给医生问他父亲的情况，医生说大面积脑出血，已经脑疝，即使抢救回来，效果也不一定好。我把情况跟仔哥说了。他沉默片刻说：赌一把吧，效果不好，也认了。

仔哥的赌性，从高中时就开始显现。拿起扑克牌的他，就像是走上斗场的斗鸡，不分个你死我活不罢休。我们那会儿都在平遥补习，周末时一帮少年经常花十块钱开个房间扎金花。当时一个月的生活费是三百元，我一般拿一百元去玩，输完以后省吃俭用，并不影响生活。记忆最深的一次，仔哥拿到一手好牌，把自己身上的三百元都甩进去，又跟我和另一个朋友借了六百元。斗鸡杀红了眼，脸上是激动无比、志在必得的神情。最后的结果是下家的牌更好，仔哥一把输了个精光，干脆利索。

仔哥在山东上的大学，毕业后留在山东，在肉联厂工作，还跟朋友合伙在外面做生意。2008年，我还在上研究生，仔哥已经是在山东拥有四十多个肉铺的大老板，回太原时，专职司机开着一辆帕萨特，风光无两。

2013年，仔哥嫌来钱太慢，进入了资本市场。一般炒股都是用闲钱来炒，仔哥不但用闲钱，还将几十个肉铺做了抵押贷款，加杠杆来炒，据说最多的时候能撬动几千万的资金。两年时间，仔哥的身家翻了好几倍。春节返乡，一帮同学在一起，仔哥总是坐在最中间，说再干两年，三十五岁退休，去环游世界。

但是，资本市场并没有给他两年时间，2015年的夏天成为他的至暗时刻。股价从6月开始疾速下跌，两个月后，仔哥因为融资炒股，被强制平仓，不但之前的股票资产化为乌有，还倒欠三百多万。之后，我们就很难联系到仔哥，每次都是他联系我们，找各种借口借钱，今天父亲生病，明天母亲生病，最多也就三五千，借完钱之后，就换掉手机号。同学们也都知道他的难处，毕竟数额也不大，借出去就没想着他还。

从平遥回来，我见到了仔哥。人们常说，中年人的崩溃是从借钱的那一刻开始的，此时的他已经跟以前意气风发的仔哥判若两人，看上去十分卑微、憔悴，嘴里不停地说着给你添麻烦了，不好意思联系你之类的话。

几天后，仔哥父亲出院，是躺着出院的。仔哥抱父亲进出租车的那一刻，背影更显消瘦。后来我又去仔哥家，他父亲坐在床上，虽然说不了话，右侧身体不能动弹，但还认识人，看到我时，流着口水一直对我笑。仔哥忙前忙后，要留我们在家吃饭。

重刑犯

—

鳄鱼也流真眼泪

老谢是个犯人，因患十二指肠球部溃疡，从监狱直接拉到了我们医院急诊。

我第一次见这种阵仗：救护车送来戴着手铐脚镣的老谢，第一个跳下车的不是医生，而是手持摄像机的警察。之后平车推下，接着又是两个警察，最后才是医生和护士。我问警察为什么录像，警察说这是证据，一旦犯人有意外，他们好给家属交代。

老谢五十多岁，据说是重刑犯，要被枪毙的那种。他躺在病床上，胡子拉碴，满脸横肉，眼神中充满戾气。老谢最开始在急诊科的抢救室，有两名警察陪护，其中一个还抱怨说：我们这当警察还得伺候犯人吃饭喝水大小便。明确诊断后，老谢转入了普通外科。我问普通外科武主任：那个重刑犯是什么情况？武主任说：这犯人真够狠的，十二指肠球部溃疡的疼痛，咱们普通人根本忍不住，但这犯人从入院开始，就没哼一下。他又说：你不知道吧？这犯人还救了一个警察。

犯人救的李警官我也见过，二十出头，很壮实。老谢做了手术，由李警官和一个同事陪护，按正常流程来讲，应该他们两人一起值班。刚做完手术那天，老谢被安排在单独的病房重点监护，医生说这犯人今天肯定醒不来了，两名警察商量了一下，一人留下，另一人回去休息一天。晚上，老谢躺在病床上，监护仪“嘀、嘀”地响，意味着他的各项生命体征平稳。李警官支起摄像机，在陪护椅上躺下。

到了后半夜，本来绝不会醒来的老谢醒了。后来医生说这可能跟他的酗酒史和吸毒史有关，对麻醉药品产生了耐药性。醒来的老谢转头叫李警官，李警官不应。他挣扎着坐起来，发现李警官的身体佝偻成了一副奇怪的样子。他想用手去推醒李警官，发现一只手被铐在病床上；想用脚去踢他，发现也被铐上了；扯开嗓子想喊，因为手术插了管，声带受损，只能张嘴，却不发出一点声音。他看着李警官在陪护床上奇怪而剧烈地扭来扭去，便拔去针头，用尽全身的力气从床上滚了下来，一侧身体半挂在床边，另一只手支着地往病房门口挪动。护士听到巨大的异响，赶紧跑了过来，看到李警官昏迷在陪护床上，老谢半挂在床边，吓了一跳——这可是重刑犯呀！护士赶紧叫医生、保安。老谢沙哑着声音对护士说：你赶紧看看警官，是不是有问题？医生赶了过来，探手摸了一下李警官的颈动脉，就让护士准备抢救设备，自己则开始对李警官做心肺复苏。

李警官被抢救了过来，是急性心梗。医生说当时是发病初期，抢救在黄金十分钟以内，再晚上几分钟，能不能抢救过来就不好说了。第二天，苏醒的李警官买了罐头给老谢，又问他：你为啥要救我？老谢说：我干了坏事儿，政府逮我、判我，这和你又没关系，你当警察还得伺候我，我哪儿能眼睁睁看着你死了。

哪怕是凶残至极的鳄鱼，也会流下真心的泪水。

“读书人”

—

毒蛇的本性

阿炳自称是读书人。这个年代，我已经很久没有遇到敢自称是“读书人”的人了。后来，我却在他身上见识了“辱没斯文”这个词语。

和阿炳认识，是我妹妹进产房生孩子。我们几个家属在产房外等候，阿炳和另外一个年轻女孩儿也在门口等候，两人如胶似漆。我当时觉得有点纳闷，如果妻子在产房内，那这个女孩儿是谁？如果妻子不在产房内，他在产房门口干啥？闲聊中，阿炳自称是读书人，搞汉语言研究的。我问阿炳哪个大学毕业。他说自己研究着玩，妻妹在产房内生产。我一直对“读书人”这三个字非常敬重，虽然自己也上了二十年学，但自觉“读书人”这三个字，不仅是学识，更重要的是德行。

三天后，去产房看妹妹，才发现阿炳在陪一个产妇。妹妹对我说，产妇名字叫淑珍。就长相来说，阿炳非常斯文，身材瘦高，皮肤白皙，一副金丝眼镜戴上，很有点民国知识分子的范儿。因为我也是学中文的，所以两家人相谈甚欢。我对那个产妇说：姐夫照顾小姨子，我还是第一次见。阿炳赶忙给我使眼色，接着以吸烟的理由将我叫到楼下，和我说这个产妇其实是他的妻子。

我和阿炳，便到此为止。

三年后的一天，妹妹给我打电话，说她一个朋友被车撞了，正在来医院的路上，让我帮帮忙，到急诊科招呼一下。

在急诊科，我再次见到了淑珍。妹妹和淑珍当年是一个病房，互留了电话、微信，交往甚密。我到急诊科时，淑珍刚被抬下救护车，满身血污，眼神已经有些涣散，一条腿的大腿骨刺出，像一件被打碎的瓷器。陪她来的是阿炳，不急不慌，不忙不乱。

接诊医生让去交住院押金，阿炳说没钱。我告诉他：先不用担心钱的问题，我去找总值班签字，你去取钱就行。阿炳又说卡里也没钱。阿炳作为家属，骨科医生找他术前谈话，说尽量治疗，但如果断肢坏死的话，有可能会截肢。阿炳说：你要敢截肢，我就告到你家破人亡。

我曾经见过很多医闹，但都是手术结束后才闹，还是第一次见手术前就准备闹的。淑珍躺在病床上对我说：这是我父母的电话，让他们来，手术的字，我自己签。阿炳在旁边说：你敢签，截肢了我不养你。

万幸的是，自从榆林产妇死亡事件后，没有家属签字，一样可以手术。这种手术，截肢是概率事件，一般会很顺利。

几天后，妹妹说，淑珍的车祸，其实是场人祸，肇事司机就是阿炳。淑珍和阿炳结婚后，阿炳就一直外遇不断，淑珍为了孩子也就睁一只眼闭一只眼，没承想阿炳最后居然猖狂到将女人带回家。淑珍要分居，阿炳不愿意；要离婚，阿炳也不愿意。后来，他给淑珍买了份意外保险，露出了他毒蛇一样的本性。

那天，淑珍被车撞了以后，她看着阿炳的态度，终于明白了一切。

再后来，淑珍离婚，没有继续深究阿炳的事情。她跟我妹妹说，报案了，但证据不足，也只能作罢。

最熟悉的陌生人

—

不是同林鸟

范琴是被一个护士小姐姐带过来的，找我签抢救单。她的丈夫突发心梗，在急诊科的重症室，她出来时太急，带的钱不够，需要先抢救再付费。对于这种病人，医院有规定，完全符合先抢救再付费的条件，我就按规章签了字。一般这种情况，病人家属不至于千恩万谢，多少也会表示简单的谢意，但范琴拿着抢救单，一声不发就走了。我当时除了觉得这女人有些无礼，也感觉到有那么一点点蹊跷。

到了后半夜，护理站又给我打电话，说家属不配合，病人已经出现昏迷症状，无法正常沟通，家属不让抢救，需要总值班协调。我打电话给当班医生。医生说，虽然心梗严重，但还没过最佳溶栓的六小时，抢救过来的概率非常大。病人家属的理由是没钱。

范琴和另一个男人来到值班室。我告诉她，钱不是问题，我可以先让手术，后付钱。病人才三十二岁，不争取一下太可惜了。但是范琴坚决地说：不抢救，是我丈夫，又不是你丈夫，我不签字，看你们谁敢再抢救，我就不付钱。一起来的男人也在旁边叫嚷道：我们拉回家，人死了，我们认，要抢救不过来，你们就准备负责吧。我问他：你和病人啥关系？他说：这个不用你管。我说：不是家属就别吭气，我和家属谈话，不是和你。范琴就一口咬定不签字，看我们怎么办。说完，两人一起去急诊椅子上坐着，卿卿我我，就差黏在一块了。我当时就被气乐了，2007年“李丽云事件”后，这还真有办法。

我给驻院民警打电话，民警把二人带到值班室询问，范琴和病人是合法夫妻，这男的和他们是一个县的。随后民警联系上了病人的父亲，他正在急急赶来的路上，医生先手术，等他父亲来了以后再签字。作为一线总值班人员，我向二线，也就是带班领导做了汇报，病人顺利溶栓，终于捡了条命回来。

病人的老父亲来了，一看就特老实巴交的那种人。我向他交代了具体情况，老人家嘴里说着造孽呀，造孽呀，但也只是自己一个人去了病房，对坐在候诊区椅子上范琴没一句苛责。

后来一个偶然的机会，我跟那天的医生聊起这事，我说这女人也太狠心了，丈夫在里面抢救，她和男人在外面卿卿我我。医生说：有些事儿你不了解，我给你讲讲具体情况。

范琴与病人只有夫妻之名，完全没有夫妻之实。这个病人是同性恋，范琴的母亲当年贪图高额彩礼，相当于把范琴卖到了他家，谈的条件是生个孩子就行，不能离婚，至于私生活，互不干涉。最夸张的是，范琴的丈夫会把他的各种伴当带回家去，而范琴只能忍受……好不容易丈夫心梗，范琴以为终于能脱离这婚姻的枷锁了，没想到医院还有这么个政策。

我问医生：这些事你怎么了解这么清楚？医生说：后来病人的父亲问我，是不是溶栓了就算救过来了？我告诉他，未来四十八小时，是最危险的时刻，挺过来才算救过来了。第二天下午，病人再次心梗，虽然有人签字，但没抢救过来。老父亲悲伤之余，给医生讲了这些细节，他说不怪儿媳妇，怪自己上辈子造孽。

他们本不是同林鸟，是做母亲的，把范琴送进了畸形婚姻的监狱。

致命的虫子

—

大雁不弃

这是一位同事给我讲的故事。

患者是一名矿上的工人，三十一岁，从农村招工来的太原。下班回家路上，突然觉得手指剧痛，抬手一看，发现是被不知名的虫子咬住了大拇指。他将虫子甩到地上踩死，也就没再当回事。

当天夜里，他被疼醒了，大拇指疼痛难耐，但想想无非也就是感染，第二天再说吧。早晨起来时，发现大拇指已经肿胀，关节也开始疼痛，就到厂矿医院就诊。医生一看说：赶紧转院吧，我们看不了。

转院的路上患者开始发烧，整个手掌开始肿胀，带动手臂剧烈疼痛。我院医生接诊后，赶紧给他用了抗生素，并切开拇指做了清创。初步判断发生了深层感染，这种情况用上抗生素，并做了清创，一般就没问题了。但是当天晚上，患者整个手掌变得淤黑，完全丧失知觉。医生做紧急探查，发现咬伤位置已经全部坏死，并且有蔓延趋势。如果不截肢，很可能有致命危险。

医生跟患者妻子术前谈话。妻子也是农村来的，没什么文化，但特别善良懂理，说：该怎么治就怎么治吧，保命要紧。当天晚上，医生给患者做了截肢手术，切除了整个大拇指。按照当时医院的规定，一名患者只能留一个陪护人。晚上，值班医生看到妻子带着一个虎头虎脑的孩子，三岁左右，在消防通道坐着，就告诉他晚上只能留一个陪护人。妻子听到了，但没言语。

十点多医生查房，听到厕所里一个孩子咿咿呀呀的声音，他知道那是妻子带着孩子在厕所躲避查房，他也没有跟护士说。医生明白，对于这样一个来自农村的家庭，顶梁柱失去劳动力意味着什么。十一点多，他看到三岁的孩子躺在父亲的怀中，已经酣然入睡。

事情并未到此为止。

第三天，患者的前臂开始出现缺血灶，紧急探查后，发现坏死组织已经发展到前臂，不截掉前臂感染根本无法控制。患者和妻子两人坐在床头，患者说：我成残疾人了怎么办？就纯粹成了个废人了。妻子说：没关系的，你养了我这么多年，后面我养你。

在对前臂作了截肢后，患者终于保住了命。患者告诉医生，他有三个孩子，大的九岁，老二七岁，最小的孩子只有三岁，从来没想过会被一只虫子搞成这样，也许这就是命。

后来，患者的妻子在矿上经营早餐摊，卖点油条、老豆腐之类的。尽管生活艰难，但夫妻二人始终如相伴而行的大雁，一路风雨，不离不弃。三个孩子在他们的抚育下也都不错，那个最小的男孩还考上了大学。

我问同事：你怎么这么清楚后来的事？他说：我就是那个三岁的男孩，给父亲做手术的医生，后来成了我的师父。我曾经不理解为什么一只虫子叮咬，医生就截掉了父亲的胳膊，后来学了医才知道，那是当时唯一的选择。

有一次，我去同事家做客，见到了他失去一只前臂的父亲，尽管皱纹满面，但笑声爽朗。而他的母亲，一个温静的老太太，我们说话的时候她几乎不作声，一直盯着我们笑。

不值得的一生

—

老牛没好命

老张是我前几年认识的一位朋友，五十多岁，是名公务员。我们在酒桌上相识，他和我高中同学一个处室。我同学三十多岁升正处，他五十多岁还是副处。在酒桌上老张坐中位，同学把他当老前辈一样尊敬。

同学告诉我，老张是八十年代的大学生，眼高手低，文章写得不错，但仅限于纸上谈兵，以前在县里挂职过副县长，因为具体事务没处理好，所以回来后，很多年都没有再被提拔。

前段时间，同学给我打电话，说老张要来看病。我说，那来吧，哪个科？他说老张肺上有点问题。再见到老张，他仿佛换了人，曾经发福的身材如今变得干瘦，只有发型还是那么一丝不苟。我问他有什么症状。他说先是莫名其妙地消瘦下去，本以为是血糖高引起的，就加强锻炼，最近这几天又开始咳嗽，有时候感觉肺都快咳出来了。

呼吸科医生让老张做了一个胸部的增强CT。一层一层的扫描图出来，我都能看出，老张肺部有硕大一片阴影。CT医生跟我说，百分百肺癌，没得跑，就看啥性质吧。

随后医生直接给老张办了住院，又给老张做气管镜。由于肿瘤挤压着气管，一般的气管镜下不去，只能做B超引导下的气管镜。经病理检验，确定是低分化非小细胞鳞癌，恶性度很高。

住院期间，我和老张慢慢熟识。老张经常找我喝酒，我说：哥们儿，你还敢喝呀？他摇着脑袋说：没事儿，要死卵朝天，不死万万年。别人不知道怎样，反正我是不敢应他的约。

有一天，老张给我打电话，让我陪他吃个午饭，并保证不喝酒。那天中午，我们在医院门口的小面馆就餐。恰巧是个阴天，城市上空乌云密布，老张谈起了他这一生。他说：大学毕业后，我就把生命交给单位，兢兢业业，勤勤恳恳，像头老牛一样。没想到，二十多年，送走了一任又一任的处长。你同学比我年轻二十岁，都正处转岗了，我自己还是个副处长，都成千年老二了！刚公示了提正处，就查出个这病来，唉！他接着问我：低分化非小细胞鳞癌好治不？我只能如实告诉他，恶性度极高。他不自觉地要了半斤汾酒，自斟自饮，窗外哗哗下起了暴雨，我俩枯坐了一个多小时。他不知道该再说些什么，我也不知道该如何安慰。

下午，他给我发短信，希望我能跟医生说一下，以减少疼痛为原则，不做过度治疗，不抢救。随后医生给我打电话，说老张正好符合他们的一个实验项目，他本人也同意进入实验组。实验的靶向药响应率能达到六成以上，唯一的副作用是容易引发上消化道出血。

一个多月后，老张打电话跟我说，之前的肿瘤像鸽子蛋一样大，现在只有绿豆大小了。我觉得他有救了。可是没过多久的一天晚上，我都睡下了，老张的妻子打来电话，说老张开始吐血，问我怎么办。结合他之前用的靶向药，我知道这是副作用出现了，告诉她赶紧打120，并让老张侧卧。后半夜，老张妻子给我发了条微信，说老张已经过世。

跟同学一起参加完老张的告别仪式，同学说，老张这一生，是他见过最不值得的一生，二十二岁本科毕业，不到三十岁副处，等了二十多年，刚提拔成正处，人就过世了。生病之前，总觉得组织对不起他，怼天怼地怼空气，怨气很重；生病之后，反而放下执念，开始知道如何生活，可是世界只留给他四五个月的时间。

老张去世后两个多月，他们之前的副处长被正式任命为处长。

“治愈”柳杨

—

从未见过海的海燕

某天，柳杨给我打电话，说：我想和毛哥离婚了，你说离了婚，我还能不能再找下家？我回答她，我的大姐，你一天到晚嘚瑟啥呀，你要觉得过得太好，就来我们医院急诊科，我让你看看啥叫挣扎地活着……

柳杨是我的研究生学妹，比我低两届，长得漂亮，皮肤又白。她是浙江姑娘，阴差阳错来山西大学读研究生。父亲是做冷链运输生意的，可不是开个冷链车的那种，在浙江、江西、四川等地开着多个冷库，跟鲜橙多这种规模的企业合作。

研三的时候，她找了个男朋友，是公路养护集团的工人，我见过那么一两次。她征询我意见。我让她自己考虑，总体而言我觉得不是一路人，很难在一起。后来两人分分合合，等到快毕业的时候，她准备跟这哥们儿结婚。我说：你想通了？她说：不是想通了，是想开了，跟谁结不是结？

他们是结婚了，但我猜得没错，三个月就离婚了。她离婚的理由是这男的没有担当，家里大事小事都指望不上，而且还劈腿。我问：你不是想开了吗？跟谁过不是过吗？她说跟谁过都不跟他过了。

后来柳杨考上了公务员，由于家里条件比较好，她过得很自在。在朋友撮合下，又跟一个研究生同学结婚了。这哥们儿我倒是了解，是一个有担当的人。很快，他们有了一个女儿。我以为这会是一段长久的婚姻，没想到有一天，她打来电话说准备离婚了。我问她什么原因，她说这男的动手打她，还打孩子。她一气之下抱着孩子去了西安，已经在西安住了一个多月，准备回太原办手续，问我能不能接她一下。

离婚后，柳杨带着女儿生活，差不多过了三个月，她说又准备结婚。大婚之日，我第一次见到了毛哥，比我大两三岁，长得高高大大，排排场场。

因为我是柳杨在太原唯一的好朋友，他俩结婚后，我们经常家庭聚会，所以我跟毛哥也熟了起来。两人的感情不错，柳杨的父亲年事渐高，就把手里的企业交给姑爷打理。毛哥干事业很拼，在他的努力下，五六年时间，冷库数量又增加了一倍还多，老丈人对姑爷十分认可。这期间，夫妻两人还迎来了自己的孩子。

柳杨找我的时候是个周末，我在急诊门口等她。一见面她就抱怨毛哥天天在外地，两三个月回来一次。我说：那还不是为了你们自己家的生意？还不是为了赚钱养家？她说：我又没让他赚那么多钱，家里够花就行。我说：你这大小姐，一个月赚上五六千够你花？赚不来钱，你嫌没担当，赚得太多，你又嫌太忙，怎么着都是别人不对你对。

我明白，柳杨就是一只骄纵的海燕，只在她自己的海湾里徘徊不前，必须经历更多的风雨，去到大海深处，见识天地的广阔和大海的凶险，才能弄懂生活的真相。

医院有规定，我不能带她进抢救室，就让她隔着玻璃看了下重症监护室，里面有一个病人，是肺部感染重症患者，大张着嘴，双手紧握扶手，脖子努力前伸，艰难地呼吸着，胸口起伏不定。我们走到急诊大厅时，突然送来了一个心梗的病人，刚进大厅就没了心跳，护士跳到床上就开始做胸外按压……

看了一些抢救的情形和家属为难的处境，我又给柳杨讲了几个病人的故事。她确实挺有触动，问我：你们每天在这样的环境下工作，都没抑郁？我说：正因为在这样的环境下，我们才更珍惜身边人，谁知道咱们今天在这儿分开，明天还能不能有缘再见？

小乙与小文

—

橘猫的最后时光

七年后，我还经常会想起小乙，那是我自成年后，第一次如此近距离地接触死亡，看着一个健康人从生病到死亡。

2009年我刚参加工作，那会儿住在单身宿舍，大家都是年轻人，每天除了工作、值班，闲暇时爱凑在一起打麻将，四人坐着马扎，围着一块放在另一个马扎上的三合板玩。

小乙是位给病人做核磁共振检查的医生，他出身医学世家，爷爷、爸爸、叔叔都是当地小有名气的医生。他比我们早一年进医院，每次看到他，我都会想起蜡笔小新，面颊丰满，脸色苍白。他告诉我他有一丢丢贫血。

那时的夏日漫长而炎热，一到晚上，小乙经常带着女朋友，叫上我、麻醉医生朋文，去东岗路的烧烤摊喝酒撸串。小乙总是端着酒杯微笑着说：走一个？我不胜酒力，就怯怯地说：你们走，你们走。小乙哈哈大笑。朋文有时候劝他喝酒悠着点，少组局，但他还是招呼我们聚会。

有一天，我给小乙打电话，想让他帮忙做个核磁共振，他笑着说自己休假了。后来我去核磁室，同事问：你知不知道小乙的事？我问什么事。她说小乙查出胃癌癌前病变，刚做了手术。在普通外科病房，我见到了小乙。他的面色更加苍白，但脸上依然挂着坏坏的笑。他说：以后不能陪你们撸串了。

小乙前些时候总没胃口，胃里顶得慌。朋文说：要不查个胃镜吧，你那么爱吃烧烤，我总觉得不对劲。一查，是癌前病变，我们都庆幸发现得及时。

过了些天，小乙出院，本来已谈婚论嫁的女友跟他提分手，小乙无奈答应了。他说：我不怨她，谁愿意年纪轻轻就找我这么个病秧子？

半年后，朋文给我打电话说，一起去看看小乙吧，确诊胃癌，已经在北京做了手术，现在在老家住着。

小乙是晋南人，我们到他家的时候，他正在院子里眯着眼睛晒太阳，悠闲地当起了大橘猫，抛去所有烦恼。躺椅旁边坐着一个挺俊秀的姑娘，两人说说笑笑。小乙介绍说这是他的妻子小文。

趁着小文去给我们倒水的间隙，小乙说小文比我们小将近十岁，才二十出头，是他邻居，他以前一直把她当作妹妹。一个月前他确诊了胃癌，小文知道后，就要跟他结婚，他深知自己时日无多，不同意。但小文说已经喜欢他十几年，不管以后如何，就是要和他结婚。小乙出院后的第三天，两家人在一起吃了顿饭，二人名义上算是夫妻了。小乙不同意婚礼大操大办，也不同意领结婚证，他不知道自己还能挺多久，不想拖累这个喜欢了自己十几年的姑娘。

又过了一年，朋文说，我们最后送小乙一程吧。我才知道，小乙胃癌转移，他自己是学医的，拒绝再做任何治疗。他在那个院子里度过了最后的时光，每天看小文洗菜做饭，洒扫庭除，喂鸡收蛋，享受着那一份宁静。那天阳光温暖，小文忙活完过来陪他的时候，看见他窝在躺椅里，侧着头，胸前一片血迹，就像睡着一样，离开了人世。

再次见到小乙，他已经躺在棺椁中，面容经过修饰，两颊微红。认识他这些年，这是他面色最好的一次，这让我觉得小乙真的已经离开了我们。

答谢亲友的时候，小文恬静得半跪在地，没有一丝悲伤。她知道我和朋文与小乙要好，抚摸着隆起的小腹，对我俩说：已经四个多月了，再过六个月，你们俩要来喝喜酒哦。

那一刻，我真羡慕这样的爱情。

小学老师闫珊珊

—

蝴蝶破茧

认识闫珊珊时她还刚上大二，是我好朋友的妹妹。

那天晚上十一点，她突然哭着给我打电话，说是母亲喝农药了，正往我们医院急诊走。

这是我第一次见这个小朋友，白白净净的，眉眼间有种倔强，虽然慌乱但是手里还拿着一个对硫磷的瓶子，这让医生减少了很多麻烦，直接可以按有机磷农药中毒处理。先要洗胃，要洗到胃里的引出液变成无色无味的清液，这个过程不打麻药，非常痛苦。听着母亲在抢救室里面一阵阵干呕，珊珊面色凝重，一言不发。之后就是推到病房给予阿托品治疗，整个过程完全康复得三五天的时间。这期间我和闫珊珊渐渐熟悉，才知道这个女孩有多难。

珊珊的家庭其实本不算差，但非常奇怪。父亲是那种干啥啥不成，却觉得自己怀才不遇的中年男人，每天唯一爱好就是打牌。母亲觉得自己一生的悲剧完全由父亲造成，一不如意就闹自杀。夫妻两人在四十岁时沦落成了村里的低保户，并且以此为傲。珊珊说，儿时无论在学校还是村里就没有抬起头来的时候。不过趁着房地产的春风，他们家成为传说中的拆迁户，分了一百多万的现金、三套房子和一套门面房。虽然是在县城，但价值肯定也在四百万以上。因为他们的低保资格要被取消，夫妻两人竟然还到乡政府撒泼打滚。

好日子没过多久，不出一年，父亲不单把一百多万现金输在了赌桌上，房子也输出去了两套，要不是珊珊带着母亲到赌桌上又哭又闹，剩下的一套房子也要输出去了。之后，他们又成为城市低保户。

珊珊说：你信不信，我爸要是输急眼了，能把我也输出去。我问：你那会多大？她说：高二刚开学。别的姑娘还在少女怀春的时候，她已经开始大闹赌场了。珊珊之前学习一直不好不坏，自从那次以后，每天只有一件事情，就是好好学习，她知道唯一能改变自己命运的就是上好大学，找好工作。否则高中一毕业，父亲就会急切地将她嫁出去换钱。后来她考到了东北师范大学。

她母亲治愈出院后，我们偶有联系，后来珊珊考上了北京师范大学的硕士，毕业后去了深圳某个知名小学当老师，住学校分配的人才公寓，年薪二十万。她像一只在风雨中破茧而出的蝴蝶，终于让自己的生命有了一抹亮色。

某天珊珊又给我打电话，说要带母亲来我们医院看病。我问：你妈妈怎么了？她说：老毛病了，癫痫差不多将近二十年，一两个月总要发病一次，一直没有系统治疗过，哪怕是家庭条件好的那一年。癫痫是医学史上的疑难杂症，大部分查不出病因。

母亲住院后，周一到周五珊珊妹妹陪侍，周四晚上她乘飞机回太原，周日再回深圳，非常辛苦。我问她当时怎么去了深圳，那么远，照顾父母多不方便。她说：我家是什么情况你太了解了，我从小努力学习，最大的梦想就是脱离这个家庭。当时山西大学附属小学也录用了我，可我要是留在太原，像我家这情况，你找对象会找我这种不？我爸妈绝对三天两头到学校给我找麻烦，不用说找对象了，估计时间久了工作都难保。现在去了深圳，他们没什么文化，出不了远门，不可能跑深圳到学校给我去闹腾。找个对象，大家也都是天南海北，不知根知底，这才能找个合适的。他们需要钱，我给他们钱，但要让我在跟前尽所谓的孝，不可能。我不会把自己一辈子毁掉，来尽他们口中的孝。他们除了生了我，给过我什么？本科的学费是我叔叔出的钱，硕士我是公费，生活费是我当家教赚的。他们没钱吗？我看我爸打牌时候也不缺钱。我上硕士帮导师做项目好不容易攒了六千块钱，让我妈先存着，毕业后刚去深圳，和我妈要这笔钱，她说什么都不给，让我去找其他人借钱。哥，你见过让刚毕业的女孩子到外边去借钱的父母没？

我不禁敬佩起珊珊来。这只远走高飞的蝴蝶，如果没有那份决绝的勇气，会同许多悲剧的人生一样，被困在畸形的亲情织就的茧中，永无出头之日。

不久前，珊珊在微信上和我说，由于她参加了工作，政府取消了父母的低保。低保标准是一年一万多块钱，而她现在每个月需要补贴父母5000多元，大到买个家电，小到卫生纸，都让她来买。她其实不介意补贴父母，但是他们五十岁不到，也不出去工作，每天好吃懒做。原以为远离他们就可以重新开始，但是他们开始像马蝇一样吮噬着她，只要钱晚转一会，就不停地电话，一天几十个电话地催要。

无解的难题

—

愿他化作一条鱼

有一天，舅舅给我打电话，说有个亲戚想来我们医院看病，是个十七岁的少年，鼻血流了半脸盆。

少年皮肤黝黑，两只眼睛扑闪扑闪的，算得上是剑眉星目，叔叔、阿姨叫得我们心里暖融融的，要多招人待见就有多招人待见。当天正好血液科一个老主任出诊，他撩起少年的衣服，发现身上有一些不规则的瘀斑，先让去化验了血象。结果出来以后，血小板指标是零。当时连老主任都一度怀疑是不是机器出了问题，再次化验以后，还是零。这就意味着这孩子已经丧失了凝血功能，随便一个出血点都能要了他的命，尤其是颅内和腹部出血点。老主任谨慎地让少年躺在诊疗床上不要动，之后转到血液科病房，最后确诊为血小板减少性紫癜。

四天后，少年的妈妈打来电话说准备出院了。我问：康复了？好好照顾孩子！电话那边开始抽泣，说：不是，看不起了，我们准备用剩下的这点钱带孩子去看一下大海，看他想吃啥，给他也买点。

后来我才知道，他们生活在雁北的某个山村，据说离县城开车都得走两个小时。这个浓眉大眼的少年小学时是年级第一，初中时是年级第一，刚上高中，也是年级第一。总之，少年从小就是第一，一直是父母的骄傲和希望，也是邻里孩子的榜样。少年的妈妈有心脏病，但由于经济原因一直没有治疗过。父亲除了种几亩地，就只能给这家放放羊，给那家帮帮工，领些低保什么的。家里仅有两间土坯房，连围墙都没有。那样的生活，听起来离我们很遥远。而治疗血小板减少性紫癜的丙种球蛋白，是从健康正常人血中提得的制剂，所有医院都限量供应。病人外购的话一支就需要五百元左右，按他的体重一天至少用八支。几天下来，家里仅有的一点积蓄也用光了。少年的父母合计了一下，这个病还有复发可能，眼下的费用家里已经负担不起了，更不用说将来复发了。家里还有一个弟弟也需要用钱，尽管血小板有了显著回升，但最后还是决定放弃治疗。

某天我和朋友聊起这个故事，朋友说：你们医院收费太贵了。我说：丙种球蛋白这种特种制剂是从健康人的血液中提取的，全国每年无偿献血的人才多少，手术用血都时常告罄，哪能容得上大规模去做药？无偿献血的每个人都是真英雄。这种药应用又广泛，根本供应不上，医院都没几支，病人只能外购。医院最多就是收点打针输液的费用，这和医院没关系。我们是多想用最低廉的费用治好病人，可是，很多事情都是无解的。

他又说：这样的父母不配做父母，他们应该砸锅卖铁给孩子治病。我说：那是因为你没有穷过，没有人比父母更希望自己的孩子康复。他们放弃治疗，需要多大的决心？需要面对多少愧疚？砸锅卖铁、负债累累之后，孩子大概率还是留不住，活人又如何去生活？让活着的人能活下去，也许才是最优的选择吧。

听说，那少年没能看到大海。听到这个消息，我叹息了一声，希望他的灵魂，能够化作一条无忧无虑的鱼，在大海里尽情穿梭。也希望他的弟弟健健康康，一生都是碧海晴空。

自己的一生

—
雏鸡闯入狐狸窝

春节前朋友给我打电话，说他们领导有点不舒服，想来医院咨询一下。我也没多想，就说那你过来吧，我给挂上号。

见了面，我才知道是一位女领导，四十出头的样子，无论气质还是长相，都给人非常心动的那种感觉。我跟着朋友叫她冯姐。

冯姐最近总觉得右侧腰部位有个疙瘩，还游离，今天在这个位置，明天在那个位置。我给她挂的是普外科马主任的号，马主任问：妇科方面没问题吧？她说没问题，十月份刚做了体检。随后马主任安排做盆腔CT，第二天报告一出来，CT主任都震惊了：一个硕大的肌瘤，已经将整个子宫撑得满满当当。而腰间那个疙瘩就是肌瘤挤压子宫，子宫挤压肠道后凸出来的。

拿到结果后，转到妇科。医生说：这么大一个瘤子，你就没感觉？冯姐说：除了例假不正常，其他没任何感觉。医生说：做手术吧，没其他办法。冯姐问：微创？医生说：尽量微创吧，但是子宫肯定保不住了。冯姐沉默，我朋友也跟着沉默。

又过了一天，朋友给我打电话，问我认识不认识北京的专家，我告诉他不认识。之后他们的事情我也没有再问。

春节后，初十左右，朋友的妻子给我打电话说：王哥，你跟我爱人说说，有什么都能商量，为什么非要离婚？孩子还小，这个家不能散。我才知道，这哥们儿和他领导并不是简单的上下级关系。我给朋友打电话，隐晦地问起这件事。朋友苦笑说：晚上聚一下吧，一两句话说不清。

晚上，朋友跟我说了很多。

他的家庭条件一般，妻子家条件非常好，结婚时的房、车都是女方提供。妻子什么都好，唯独嘴上不饶人，一旦生活中有点冲突，女方就说“你滚出去，房子是我家买的”之类的话。我这朋友一表人才，当初结婚，很大程度是看上了女方的家境，希望对方能够在事业上对自己有所帮助。但在女方父母跟前，我朋友就像只闯入狐狸窝的雏鸡，完全不是一个量级，被拿捏得恰到好处——女方父母在钱上尽量予以补偿，事业上却不肯为他铺路，甚至还经常使点绊子，所以朋友过得不怎么好。

后来，离婚后带着一个女儿生活的冯姐，调来成了他的领导。由于工作上的关系，两人越走越近，虽然年龄上有点差距，却互相吸引。年前，冯姐去北京手术，希望尽量保住子宫，还希望能够为他再生个孩子。在北京，手术过程中大出血，无奈还是摘掉了子宫。冯姐康复后和朋友提分手，理由是自己已不是一个完整的女性。朋友说他不在乎这些，哪怕净身出户，都要离婚，要和冯姐长相厮守。

我对朋友说：你考虑好，毕竟我们都已不再年轻，你也还有孩子需要照顾。他说：再也不想委屈自己了，孩子的一生是一生，自己的一生也是一生。

正月十五的那天，他给我发过一张合影，是冯姐在海边散步的照片。他说：自己这么多年，从来没有这么放松过。也就在那天，他妻子朋友圈的内容，是带着孩子在忻州古城看灯展。

有希望的尘世

—

春蝶与冬娥

老戴是我下乡时认识的，相识多年却极少联系。

第一次见老戴时，他穿着羊皮大氅，戴着旧军帽，怀中抱着一根赶羊用的鞭子，“嗬嗬”地赶着羊。村主任对我说，老戴是村里真正的可怜人。

去老戴家，入户，一栋新房矗立眼前，灯火辉煌，墙上贴满了瓷砖，在我下乡的那个贫困村绝对是异类。旁边是一栋低矮的瓦房，走出一个歪着头的女人，身上穿着一件粉黄条纹的毛衣。我和女人打招呼，女人面无表情地看着我，老戴呵斥女人：回去！女人便乖乖回了瓦房。

老戴不好意思地笑着说，这几天又犯神经病了，她是个“神经疙瘩”。后来我才得知，这个老戴口中的“神经疙瘩”就是他的妻子，是他在放羊途中遇到的，当时她就像一只落单受伤的羊一样，在草里蜷缩着，快被冻死了。老戴把她救回去，打听了三五个月，才知道是三四十里地之外一个村的。因为是神经病，对方也没要彩礼，也没办仪式，领了证后两人就成了一家人，后来育有一子一女。

老戴是个苦命人，母亲双腿瘫痪，父亲双目失明。八岁时母亲死后，妹妹寄养在亲戚家，父亲打着莲花落带着他沿街乞讨，一直到十六岁能干活了才回了大队。后来妹妹出嫁得了八百块钱彩礼，老戴就买了一头小牛，养了两年后他换成了两头驴，等生了驴犊后，又换成了十只羊。每天风里来雨里去地放羊，最后靠着十只能繁母羊成了有着一百多只羊的养羊大户。

我下乡的时候，老戴已经靠养羊脱贫，还一度被评为乡里的脱贫模范，盖起了“豪宅”。两个孩子也已经成人，女孩做美容，男孩在富士康当工段长，生活越过越好。

回医院上班后，有一天突然接到了老戴的电话，他有个事找我帮忙：神经病女人下身总是出血，有时候一个月都沥沥拉拉干净不了。

再次见到老戴，他还是一如既往像个劫道的悍匪，还穿着他的羊皮大氅，歪戴着军帽。女人歪着头跟在他身旁，女儿也来了。在医院做了超声和宫腔镜，最后确诊为宫颈癌。老戴问我：你给我说句实话，这“灰病”能不能治好？能治好了咱们就治，治不好就不治了。我解释说其实宫颈癌的预后普遍比较好，五年生存率能达到73%以上。老戴听了没多说话，就跟女儿说了句：给你哥打电话，卖羊、筹钱。

我这才觉得，尽管语言上很粗鄙，但老戴并没有把妻子当成工具和财产，而是当成了一个实实在在的人。就像那些羊曾让他觉得日子有奔头一样，这个女人也给他的生活带来了希望。后续手术、放疗、化疗，都是女儿在照顾，老戴没有来。女儿说羊全都卖了，种地也不挣钱，所以父亲也到外面打工去了。

病人最后还是没有挺过五年，生存率对于医生来说是一组有多大希望的统计数据，而具体到某个病人，运气不好的话就是一座要命的大山。三年后，老戴给我打电话说是女人不行了，也不准备再治了。

我回村的时候，女人正躺在炕上，眼神出奇的清明。老戴说，自从得宫颈癌后，女人的精神病就没再犯过，就像换了一个人一样。以前女人家属说她叫李春蝶，大家也叫了她一辈子春蝶，得了病以后，她才说自己根本不叫李春蝶，而是叫李冬娥，逼着老戴将户口本上的名字改成了李冬娥。

两个月后，李冬娥去世了。去世的前一夜，她拉着老戴的手说了一晚上的话，从他们怎么认识的，经历过哪些事儿，都说得清清楚楚。老戴说：你跟我吃了一辈子苦，看着日子好起来了，你得病了，后不后悔跟了我？李冬娥说：要是没有你，我早就冻死在那天的草地里了，要是没有你，我一辈子都是个“神经疙瘩”。

最后，她嘱咐老戴墓碑一定要刻对了，她叫“李冬娥”。

崩塌的山

—

黑夜里的白鸽

小阿是皮肤科医生鹏哥的一个患者。那天我去找鹏哥，小阿正在就诊。我从背后看，还以为是个外国小姑娘，一头金发，皮肤雪白，像一只精致漂亮的白鸽，但一看就是那种不正常的白。

这是我第一次密切接触白化症患者，小阿十六七岁的样子，五官极端精致，皮肤就和透明的一样，满头金黄色的头发，头发也几近透明，整个人都不似世间所有。她的旁边，是一个衣着朴素、面容憨厚的男人。

鹏哥问了些问题，查体后，对那个男人说：放心，就是个普通的日光性皮炎，小朋友太容易晒伤，最近太阳这么大，一定要做好防晒。男人局促的双手搓在一起，连声说着感谢的话。

小阿走后，我问鹏哥白化症是不是不影响寿命、发育和智力。鹏哥说确实如此，但白化症患者容易罹患皮肤类肿瘤并且极易晒伤，需要定期复查。我又问：这病是后天的，还是先天的？鹏哥说：白化症都是遗传性疾病，刚生出来时候就是这样，刚才这个小姑娘，从出生到现在，已经在我这儿就诊了十六年。

因为跟鹏哥关系比较好，总来找他，后来我就经常见到小阿，慢慢熟悉以后才知道，每次陪她来的男人，不是她亲生父亲，而是她的继父。我对小阿说：你们一家好幸福哦。她笑着说：我母亲早就离开了，我现在跟继父相依为命。

小阿是个命运多舛的孩子。母亲年轻时找了个街上的混混，潦草地怀上了她，但父亲不愿意结婚，外公外婆纠结于此。分娩之前，是母亲半夜自己打车去的医院。到医院时，已经开了七指，差一点就生在了车上。出生后，小阿由于身体缺陷，别人总会投来怪异的目光，母亲对她也不冷不热。在她刚学会说话时，每看到一个陌生的男人，都会抱着大腿喊爸爸。

那时母亲带着小阿租住在城中村，邻居的邻居姓张，是一个单身的四川人，在附近工地上打工。小阿每次见了老张，都会张开双臂，抱着叫爸爸。老张也喜欢逗这个可怜的孩子玩耍，经常接济她们。一来二去，两家人住在了一起，老张成了她的继父。

在她五岁的时候，母亲认识一个条件比较好的男人，对方不嫌弃她未婚生子，愿意和她结婚，但是唯一条件就是不能带孩子，母亲就在一个早晨悄然离开他们租住的小屋。从此，老张就带着这只不能见光的白鸽生活，白天在工地干活，晚上带着她摆地摊挣外快，小日子在继父的苦心经营下，越过越好。继父虽然不善言辞，但要是谁敢欺负小阿，他会提着镐把到处找人。

小阿十二岁那年，母亲曾经回来过，想要继续和他们一起生活。继父可以接受，但小阿就跟发了疯一样将母亲推出门外。从此，母亲再无音讯。

前年夏天，鹏哥给我打电话说：你那个得白化症的小朋友，情况不太好，你要不要来见最后一面？

我问怎么回事，他告诉我，小阿最后还是得了皮肤癌，已经转移，基本没什么办法了。

我去病房的时候，小阿已转到了重症监护室，躺在病床上连着呼吸机。她看到我来了，隔着玻璃向我微笑。我看到，她的皮肤上已经有了蜘蛛网状的黑斑。她的继父像一座山一样在楼道的椅子上坐着，我眼看着那座山在慢慢崩塌，却伸不出注定徒劳的手。

“聪明药”

—

螃蟹横行

李子强是被爸妈强制送到我们医院的，起因是在围棋比赛时，因为一子得失，他在众目睽睽之下，操起棋盘砸向对手的脸，一下、两下、三下……

这一年，他只有十四岁。

后来他说自己当时脑海一片空白，根本不知道发生了什么事情。

爸妈送他来医院检查，是要开具一个医学诊断证明，证明孩子没有精神类疾病。只有如此，各类围棋比赛才允许他再次报名，因为这个家庭为他学围棋付出太多，这孩子也仅有这一项能拿得出手的技能。

心理科门诊医生给他做了一系列检查，确定孩子确实没有精神类疾病，但能很明显感觉到精神亢进、出汗、眼睛突出等甲亢的典型症状，就建议他到内分泌科进一步检查。

内分泌科邵主任说，李子强的症状非常典型，就是甲亢的症状。甲亢全称是甲状腺功能亢进症，是由于甲状腺释放过多甲状腺素造成机体代谢亢进和交感神经兴奋，一般表现就是突眼、视力减退、易怒等。但是，在住院治疗期间，邵主任发现，问题不单单在此，最明显的一点，是这孩子经常会陷入沉思，一旦打扰到他，又显得异常暴躁，并且有两天整夜不睡，躺在床上翻棋谱，随后两天又是整天都在睡。这是典型的戒断反应，也就是吸毒人员戒毒才会出现的症状。但孩子父母，包括孩子，都断然否定他有吸毒行为。

那天，李子强自己在床头下围棋。邵主任说：咱俩下两盘吧？小伙子欣然同意。邵主任看得出来，李子强的棋风杀伐果断，思维严密，他很快就投子认输，随后问李子强：你年纪轻轻，怎么能有这么深的棋力？李子强说：我没日没夜都在练习呀。邵主任问：你不困？李子强神秘地说：我有秘密武器。之后拿出一板已经吃光了的铝箔药板，邵主任一看，上面写着“莫达非尼”。这是国家第一类精神管制药物，邵主任终于找到了这孩子精神异常的原因。

李子强的爸妈这才知道，自己的孩子为了赢得比赛，一直私下“嗑药”，尽管不是毒品，但也是精神类药品。问题是，十四岁的孩子去哪儿买精神类药品？李子强说：

他们几个同门都在吃，尤其是大赛前后，为了短时间提高棋力，师傅总会给他们一点这种药物，他们私底下叫“聪明药”。

甲亢的治疗相对简单，很快各项指标就控制在正常范围内，给学生药物的老师，最后也在家长报警后被刑拘。

就在出院那天，满心欢喜的爸妈在楼道感谢邵主任，李子强在旁边站着，因为另一个病人碰了他一下，他随手就拿起护理站的花瓶砸在了那人头上。他就像螃蟹一般，横行霸道惯了，只能自己压制别人，别人丝毫不能侵犯自己。

在警察处理这件事情的空隙，李子强的妈妈问邵主任：不是治好了吗？邵主任看着这孩子阴郁的眼神说：我们每个人心里都有个“魔鬼”，这孩子心里的“魔鬼”已经激活了，这和药物、疾病都没有关系。

江湖路远难相见

—

黏人的大猫

一天，一个妹子带着哭腔给我打电话，问我在不在医院，她父亲正从省里另外一个三甲医院往我们医院转诊。我赶紧问怎么了，她说是父亲下肢股浅动脉血栓，需要截肢，想最后争取一下，所以从那所医院转到了我们这里。毫不客气地说，我们医院血管外科是全省最好的。

我和这妹子是高中同桌，那会儿还略带些情窦初开的懵懂。曾见过她父亲一次，那时我才十七岁，骑着自行车载着她回家，他父亲的桑塔纳急停在我们面前。那是2000年，有一辆三轮车都算豪横，桑塔纳简直等同于一架战斗机。从那辆桑塔纳战斗机上下来一个理平头、戴墨镜、挂金链的壮年男子。妹子对男子满眼不屑，跟我说：不用理他，我们走。

后来她说那是她父亲，早年间曾混迹江湖，后来开始当倒爷，再后来干基建，我们家住的小区就是她父亲盖的。父亲有了钱，在她五岁的时候，抛弃妻子找了另外一个女人，从此除了给钱，再未照顾过她。现在她已经长大了，凭什么听他的？

那是我年少时唯一一次见到她父亲。高中毕业后，同桌留学德国，后来办了移民，我们便联系少了。她给我打电话是因为父亲还在手术台上，无人照料，让我去帮忙。

到了介入科手术室，透过含铅玻璃，我看到她父亲躺在手术台上。虽然头发已经花白，但他身体并不弱，甚至相当健硕，即使身处重病当中，还是能让人感受到他身上散发出的彪悍气息。只是他的右腿下半部分已经泛起了青瘀，像一条条蜈蚣趴在腿上。

我问血管外科医生这个病人的情况，他告诉我，病人股浅动脉血栓，紧急溶栓的最佳时间是六小时，而病人来的时候已经超过四天。缺血很容易导致组织大范围坏死，如果是这样，就需要截肢。经过将近一个小时的手术，成功置管，比预想的要好很多，但还需要静养溶栓。

次日晚上，血管外科主任给我打电话说：小王，我事先和你说清楚，你那个病人，要是不配合治疗的话，最后截肢谁都不要怨！我跟这位主任非常熟悉，平时温文尔雅，怎么会突然如此暴躁？

隔日上午上班后我赶紧去他们科室看是怎么回事，却见同桌的父亲正在发脾气：老子英雄一辈子，宁愿截肢，也不能在床上用这种便盆。她父亲虽然置管手术成功，但需要在床上静养至少三天时间，让放在血管里的溶栓导管慢慢溶栓，别说下地走路，就连坐都不让坐。但是老汉英雄一辈子，无法容忍自己躺在床上方便，不管不顾硬要自己下地上厕所，还要蹲下。溶栓导管一旦由于剧烈运动出现问题，后果不堪设想。血管外科主任说他当医生三十多年，还是第一次见这么执拗和硬气的人，溶栓导管在体内弯曲，正常人是无法忍受那种疼痛的。

我给同桌打电话，把情况说明，表明我的担心。她打开了话匣子，说父亲离婚后，风光了几年，后来就诸事不顺，生意越做越小，赔钱很多。那时年少，对父亲有怨气，可是父亲却从未亏待过自己，不管是上学还是移民，即使父亲再难，也会想办法帮她。至于离婚的事情，随着她年龄渐长，已经释然，每一个人都有自己的生活，不能够为了孩子就凑合一辈子。

她马上从德国回来了，每天陪在父亲的身旁。那些天，她那英雄好汉一辈子的父亲温顺得像一只大猫，见了谁都是笑眯眯的。女儿对他嗔痴怒骂，他也笑而不语，医生说怎么治疗，他全部听取。

又过了三天，血管外科主任说：患者的腿保住了，但不知道为什么好像失去了功能，对各种刺激没有反应。同桌说：不用管他，只不过是想让我多陪几天而已。

迟来的美满

—

天鹅引来春天

张老爷子是我初中同学张君的爷爷，送来医院的时候，全身苍白。初中我就认识他，身材不高，但极壮实，九十年代的时候，就经常戴着一顶黑色鸭舌帽，是我们矿上有名的“社会人”。

他和老伴都已将近八十，本应是颐养天年的年纪，上个月突发奇想，跟子女说要请所有亲朋好友吃一顿饭，吃饭的理由也不明说，就将请柬发了出去。

人到齐了，张老爷子上台，庄重地说：今天把大家请来，是要告诉大家，我和老伴离婚了。台下先是面面相觑，之后一片哗然，五个子女都尴尬、震惊得不知如何是好。张老爷子很坦然，他说老伴一切都好，但他们之间不合适，刚结婚一个多月就觉得不合适，但那会儿有了孩子，也不兴离婚，所以就将就了一辈子。现在，最大的儿子年近六十，最小的孙子也已长大成人。当年，大家都来参加了结婚典礼，所以今天也把大家请来，办个离婚典礼，也算是有始有终，给老伴、给大家一个交代。

整个典礼，人们都云山雾绕，不知该劝说还是该祝贺，毕竟离婚典礼这样的事情大家都闻所未闻。好在不管多难以下咽的筵席也有散场之时，典礼结束后，张老爷子和老伴站在门口把所有的客人送走，一一握手告别。

当天下午，张老爷子和老伴就开始分居，所幸子女都已成人，张老爷子家庭殷实，和老伴各有一处房产。听邻居说，下午五点多，一个五六十岁的老太太搬进了张老爷子的新家。晚上，这个新老太太给张君的爸爸打电话说，张老爷子心口和后背痛得厉害，赶紧来看一下。

于是他们来到了我们医院急诊科。医生最先怀疑是心梗，做了心电图，并无典型的心梗特征，但不能排除，又做了心梗三项，才初步判断是心绞痛，办理了留院观察。

早晨六点多，张君给我打电话说张老爷子又做了个心电图，明确是心梗，还给下了病危。我说：这有可能是心绞痛转化为心梗，医生会尽量救治，咱们尽人事，听天命。

上午十一点多，我去病房看老人家，张君告诉我做完急性溶栓，刚刚送进了监护室。第二天我又去看时，已经从监护室转到了普通病房。老人家从小看我们长大，我们关系很亲近。我开玩笑说：你看，昨天中午刚离婚，晚上就心梗，老天爷就不想让你离这个婚。

张老爷子瞪大眼睛说：三十岁、四十岁，为了孩子我不离婚，五十岁，为了孙子我不离婚。我都快八十了，这辈子就给别人活了，还有几天快活日子？我最不后悔的就是离这场婚！

我说：那这个新老太太呢，以后她还敢跟你住在一起？张老爷子说，早在自己四十多岁、对方二十多岁的时候，两人就互相爱慕，但碍于家庭没办法在一起。现在对方子女也成家立业，丈夫也去世，两个快入土的人，有啥不敢的？

说话间，新老太太推门而入，她看张老爷子的眼神，简直就是一个新娘子的那种眼神，充满了爱慕和心疼。我停住了话语，和张君悄悄出来带上门，刚带上门，就听见两人在屋内咯咯欢笑，伴随着这两只引颈高歌的天鹅，似乎整个暖暖的春天都来了。

夜半歌声

—

野牛舐犊

有一天我在总值班，半夜两点多，听到急诊门口一个人在唱歌，一会唱红歌，一会唱儿歌，声音粗犷而洪亮。我打电话问分诊台是怎么回事，护士说：您来看看吧，我们正想找您解决了。

唱歌的是一个四十岁左右的男人，身体敦实，面色黝黑，像一头雄壮的野牛。他身上有一些血迹，动作呆板地坐在急诊门口的台阶上，怀里抱着一个四五岁女童的尸体。那女童脸色紫青，看起来像头部重击后去世。他们周围站满了人，我跟他说话，他完全不理，依然一前一后摇着唱歌，仿佛是在哄孩子睡觉一般。

我问护士怎么会这样。护士说：这个男人和另一个男孩是前半夜送来急诊的伤者，男人皮外伤，男孩受到过度惊吓晕厥，这会儿在重症监护室观察，应该没什么大碍。后来，120又单独送来这个女孩，也是他的孩子，送来的时候已经死亡。我们按规定要送太平间，男人接受不了，就一直抱着孩子在这儿唱歌，我们劝也劝不住。

我说：缓一缓，不能刺激家属，给家属一个接受的时间，如果另外一个孩子不要紧的话，等醒了再说。

凌晨四点左右，护士打来电话，说那个男孩醒了，问我怎么办。我赶紧去看，那是个八九岁的男孩，可能刚苏醒的缘故，满眼迷茫，哭着喊着到处找爸爸。我问他记不记得怎么回事，他只记得跟爸爸一起去奶奶家，其他什么也不记得了。医生告诉我，男孩除了受到惊吓，别的都没事。我就让护士带着男孩去找他的爸爸。

父亲还坐在急诊门口唱歌："我从山中来，带着兰花草，种在校园中，期望花开早……"声音已不再洪亮，沙哑中带着绝望，根本无法用语言来描述。

男孩儿走过来，清脆地叫了声"爸爸"，男人的歌声戛然而止，突然站起来就甩了男孩一巴掌。所有人都猝不及防，护士急忙把孩子护在怀里。男人突然一把将男童搂过来，开始号啕大哭，男童怔怔得不明所以。舐犊情深，大抵如此。

十几分钟后，哭声渐渐止住。我说：兄弟，这都是意外，你得面对，还有个活着的等你照顾，该送哪儿得送了。男人默默点了点头。

填写完死亡通知单，男人找我签字。签完字，他说晚上带着两个孩子回老家，在省道上被对面车的大灯晃到沟里。从车里爬出来的时候，儿子昏迷了，女孩还清醒，给120打电话，最快也得四十分钟，他就在路边拦车。因为太晚，路上很少有车，他又抱着儿子疯了一样往前跑，女孩在后面追。最后拦住一辆车，便搭车赶往太原，直到120医生给他打电话，他才想起还有个女儿落在了路上。当时他已经进了太原地界，不可能再返回去，就让120顺着路开始找女儿，最后在国道的路边找到了。女儿躺在地上，已经奄奄一息……

老兵不死

—

孤独的雄狮

前几天，小代给我打电话，说父亲摔了一跤，面部骨折，他想带父亲来医院看看。

小代是我下乡帮扶村子的村民，说是小代，其实也已六十多岁。他的父亲老代，我们很熟识，算来已经九十五岁了。那会儿在村里扶贫时，老人家精神矍铄，经常背着双手溜达，手里抓着一条捆柴火的绳子，两只眼睛充满光芒，虽然在村里无职无权，但由于做事公道，无论村干部还是乡干部，都要给几分面子。

老代是繁峙县“老汉坪惨案”的遗属。

那是1944年的事情，那年他十四岁。老汉坪这个五台山深处的村子，当时总共只有十几户人家，武委会主任叫任宗。秋收后，任宗正和两个乡亲在山里采山货，两个伪军过来找他们打听认不认识任宗。任宗一听这肯定是要来逮自己的，就一不做，二不休，伙同乡亲把两个伪军勒死了。村里人担心日本人报复，每天都安排儿童团在消息树的地方放哨，明哨加暗哨，不敢有丝毫大意。

直到小年夜，山里的大雪下了一尺多厚，人们觉得这么厚的雪，山民都出不去，日本人肯定也进不了山，就把岗哨撤了，好好过个年。没想到就在这天夜里，日本人摸上了老汉坪，把村民聚拢在一起，男人站东，女人坐西，之后将男人一个一个杀害，即使是怀中婴儿，只要是男孩，也都杀掉。留了五个男丁给日本人挑抢来的东西，给他们吃莜面角角，说挑到五台后就放他们回来。随后一把火烧掉了整个村子，女人们在风雪之夜各自投奔亲戚。老代因为去舅舅家过小年，得以逃过一劫。

五个男人挑着粮食、赶着牛羊跟着日本人往前走，其中一个说，咱们得跑呀，去了五台山肯定活不了。另外四人说咱们挑这么远，他们不能也杀了吧？在山路的一个拐弯处，那个男人扔掉物资，滚下山坡逃走，日本人打了几枪没打中，也就作罢。剩下四人到五台后被关在水牢里，饿了五天五夜后，惨遭杀害。至此，老汉坪所有的男人只活下来两个人。

过完小年，老代回到老汉坪，只看到满地的尸体和满目疮痍的村庄，随后跟着逃回来的那个男人加入八路军，后来又经历了解放战争和抗美援朝，那个男人牺牲在了朝鲜战场。至此，老汉坪那一辈的男丁，就只剩下老代这一头孤独的狮子，行走于世。

老代来到我们医院之前，面部已经在当地做了处理，但右侧面部塌陷，上面都是瘀青，我看到他紧咬牙关，忍着疼痛。医生一番检查后，说整个颌面部全部骨折，动手术的风险非常非常大。老代操着一口浓郁的方言问医生：不做的话会怎样？医生说有可能引发感染，继而引发全身器官衰竭。

后来，老代选择不做手术，他说经历过这么多年的战争，生生死死早就看透了，自己这条命本来就是捡回来的，已经多活了八十多年，死了也无妨。他又嘱咐儿子，死后一定要将自己葬回老汉坪，因为他是老汉坪那一代最后的男人。

一世缘

—

磕头虫

多少年来，阿枣一直是我们村的传奇，我从小听他的故事长大。

阿枣是个弃儿，他的养父是个瘸腿的乞丐。老乞丐一生未婚，在某个雾色朦胧的清晨准备出门，听到村口枣树林旁的草丛中传来阵阵婴儿的哭泣，走过去发现了一个被露水打湿的襁褓，里面包着一个男婴，面色苍白。老乞丐感叹，这孩子没被野狗叼走算是幸运，自己无儿无女便算是缘分。于是将他养了起来，取名阿枣，从此两人相依为命。

老乞丐一辈子乞讨为生，却从来没带阿枣上过任何一家的门。每次出去，他都将阿枣用绳子拴在破窑的炕上防止摔下来，乞讨时试着向对方讨要一点奶粉，要是遇到哺乳期的女人，还要试着要一点奶水，经常会被当家的推搡出大门骂他老不正经。他偶尔讨到一点奶粉，回家后兑点温水喂阿枣。当然，更多的时候，阿枣是靠小米稀饭养活的。

到了读书的年龄，那时候还需交纳学费、学杂费，老乞丐没钱，就每天早晨帮校长把水挑满，再在农忙时帮校长点化肥、锄地、浇水，由此换来阿枣上学的机会。每天老乞丐早早去乞讨，在破窑门口扯着嗓子喊一声：枣，米汤给你灌在暖壶里了，起来喝完上课去。阿枣在被窝里用清亮的嗓子回答，知道了，大！在读书方面，阿枣显示出过人的天赋，成绩很好。小学校长都感叹，老乞丐要饭一辈子，居然捡到这么一个宝贝。后来校长让老乞丐别去要饭了，把他安顿在学校里看大门，厨房也帮帮工，不仅每天管三顿饭，月底没多有少地还能给些工资。

阿枣的学业一帆风顺，考上高中，又考上大学，毕业分配到了电力公司做财务工作，后来当上了财务处长。

我第一次见到阿枣的时候，他已年近五旬。那天，父亲给我打电话说老乞丐病了，在我们医院住着，让我代他去看看。我提着牛奶鸡蛋进了病房，看到床上躺着一个年近九十的老人家，脸上皮肤黝黑、沟壑纵横，头上缠一块白毛巾，是典型的晋西北老农形象。床旁边坐着一个中年男子，身体前倾，像一把折弯的弓一样，脸几乎贴到床沿上，手中正削着苹果。

我介绍了身份后，那把“弓”努力抬起头，目光锐利而清明。他说：我知道你，志珍家儿，长这么大了？我是阿枣。闲聊中，我问：叔你腰怎么回事儿？阿枣说他大学时就总是腰困、腰痛，只以为是上学太辛苦，工作后，早晨起来经常性地觉得腰部僵硬。因为刚参加工作不久，手里也没什么钱，就一直没管，等后来条件好一些去查的时候，背已经开始有些驼了。最后确诊为强直性脊柱炎，很不幸，已经过了最佳的治疗时机。

强直性脊柱炎是一种无法完全治愈，只能缓解的疾病，阿枣后期虽然一直积极寻求治疗，腰却还是不可逆转地一天比一天弯。他笑着说，你看我像不像《笑傲江湖》里的塞北名驼木高峰？

老乞丐脑袋里面长了一个瘤子，父子俩商量着保守治疗，也没有折腾。半年后老乞丐在阿枣给他在村里盖的新窑洞里去世，走的时候两眼噙泪，抚摸着阿枣的脸说最不后悔的就是当年捡了他。

在老乞丐出梓的日子，阿枣跪在灵前，本就已经很严重的强直性脊柱炎让他仿佛一直在叩拜老乞丐。村里人开着善意的玩笑说：你们看阿枣像不像一只磕头虫，一直给老乞丐磕头报恩哩。

名士陆主任

—

雄鹰断翅

每每说到“名士”这个词，我首先想到的就是陆主任。

陆主任决绝地与这个世界告别时，我还在下乡。同事打电话告诉我这件事情，说他无法理解。如果是其他人的话，我也无法理解，但陆主任不一样。

最后一次见陆主任，是在他过世的半年前，我去采访他。那天陆主任穿着一件开衫风衣，里面是天青色衬衣，领带端正，头发花白却一丝不乱。他说：不用写我了，写写年轻医生吧，到了我这把年纪一切都看开了。

陆主任是1966年以前的大学生，医科大毕业后，被分配到古交焦炭厂医院。那时有个女病人得了丙肝，腹水多到让她看起来像十月怀胎，太原各大医院都已不敢收治。他是初生牛犊不怕虎，死马权当活马医，就将病人安排在临汾河的一个废弃库房里，每天边查各种资料，边给病人治病，就靠着一些简单的药物和器械，居然将病人治好了。

1971年，陆主任调入我们医院，在以后的四十七年职业生涯里，每天早晨六点半到医院，在其他人来上班的时候，他已经将自己的病人都看过一遍，即使后来当了副主任、主任、省神经内科主任委员，依然如此，就像闹钟一样准时。

陆主任喜欢喝酒，但不嗜酒，在医院有酒中君子的美誉。有一次和部队的在一起喝酒，对方抱着上前线的心态过来直接浮一大白，陆主任笑眯眯端起半斤的杯子，一杯尽饮。之后那哥们已经五迷三道，陆主任依然跟大家谈笑风生。陆主任还能歌善舞，对一个名士的想象，几乎都可以在陆主任身上找到影子。

当然陆主任最擅长是看病。平遥县人民医院有一个脑炎患者，按照结核性脑膜炎治疗没有任何效果，外请专家三四个，也没有特别好的办法。有人推荐陆主任去看，陆主任详细了解了病人的生活习惯，转身对家属说：你们到外面买上二两汾酒，记住一定要真酒。家属买回后，陆主任一点点给病人喂下，不到十几分钟病人苏醒。这个病人有二十多年饮酒史，上年纪后为了身体突然开始戒酒，从而引发脑病症状。由于病人同时患有结核，医生们都以为是结核性脑膜炎，最后却用二两烧酒解决了问题。（见

《“好人”老李》）

后来，陆主任得了结肠癌，也只有在结肠癌术后的十几天里，他没能早晨六点半去查房。七年后，结肠癌转移。那天，陆主任早晨到病房将所有的病人看了一遍，向手下的医生提了指导意见，然后安静地回家，从家中阳台一跃而下。他的遗书里写着，向医院捐赠二十万元，用来奖励对神经内科有突出贡献的人才。

对于陆主任最后的选择，我其实是理解的。他一直就是一只清高孤傲的雄鹰，不愿用断翅凑合飞翔，不愿意让别人看到自己躺在病床上的狼狈模样，所以他选择毁灭自己，以保留最后的尊严。

等待一个好未来

—

猴子长大后

张静娴在七十岁时因为中风住进了医院。中医所称的中风，从现代医学上讲就是脑卒中，一种老年人最常见的急性脑血管疾病，通常等同于脑出血、脑梗死。

张静娴是大面积脑梗死，来医院急诊的时候，一身旗袍，头发虽然已经全白，但看气质就明白，年轻时候绝对当得起“美人”这个称号。入院时老太太已经出现了语言功能障碍，左侧身体不受控制。当时已经过了最佳溶栓期，只能选择保守治疗，在转入神经内科重症病房有针对性地进行抗血小板和降压治疗后，病情较为稳定，保住了命，但语言功能却没有恢复，身体也出现了半身不遂的情况。

张静娴有两个儿子，据说都事业有成，一个是铁路局副局长，一个是中学知名教师。张静娴生病后，两个儿子也尽心尽力，虽然没有时间天天来陪老人，但给老人请了两个护工，周六大儿子来陪，周日二儿子来陪，对于压力沉重的中年人来说，也算是尽了儿子的本分。两个儿子来的时候，张静娴都会激动得大叫。大儿子经常把手伸进被子里，给老人按摩腿部，我们都以为那是母子情深。

周二查房的时候，主管医生发现张静娴腿上青一块紫一块，小腿、大腿、臀部都有。这可把主管医生急坏了，因为入院查体时，不存在这种情况，静脉输液后出现，很有可能是药物过敏或者新发紫癜，严重的话，随时可能要命。主管医生就急停了所有的药，开始查到底是哪一种药物过敏。最后结果是，任何药物都不过敏。

周六大儿子来看母亲，张静娴又在床上大喊大叫。医生把情况和大儿子说了，大儿子说没事儿，我信得过你们医生。我们都庆幸，这个家属够通情达理的。

医生走后，大儿子和母亲说着话，把手伸进被子，又给母亲按摩。护工进来一把掀开被子，让所有人都大吃一惊。

原来，大儿子和二儿子每次来根本不是看望母亲。大儿子嘴上和母亲说着话，手却在被子里开始掐，掐得青一块紫一块；二儿子来，每次用手卡住母亲的脖子，一直卡得快窒息，才松手。张静娴由于言语障碍，只能大喊大叫，医生护士都还以为她是激动过度。

护工由于每天和张静娴接触，告诉我们，大儿子来过第二天就发现青紫，那天她又听到声音不对，推门进去发现二儿子的手刚从母亲脖子上拿开，张静娴正剧烈咳嗽。

被护工揭穿后，大儿子和二儿子再没来过医院。

后来我们才知道，张静娴年轻时，是当地出名的美人，天天招蜂引蝶，根本不顾家，两个孩子的亲爹都不确定是谁。后来丈夫选择了离婚，孩子都跟了张静娴。每次她在外面喝醉后回家，就对大儿子又掐又打。二儿子吓得哭，她就一把掐住脖子，不让他出声。两个儿子每次都像马戏团里挨打的猴子一样可怜，噤若寒蝉，战战兢兢，但又逃无可逃。不过，在物质上，张静娴对两个儿子倒还算慷慨。大学毕业后，两个儿子很少跟母亲联系，要钱给钱，但从不照顾，但恨意也一直没有消退。他们小时候受到的伤害，多年累积的痛苦与绝望，让他们在文质彬彬的举手投足之下，又重叠着另外一种面孔。

隔壁病房里，得了病毒性脑膜炎的小患者出现了浅昏迷。父母每天守在孩子身边，轮流唱着儿歌，整个病房都响起父母的歌声。他们等待着孩子能够醒来，等待着他能有一个好未来。

人类不感谢罗辑

—

长颈鹿的脖子

我当初找他看病的时候，唐远应该还不到三十岁。

几年前的一天，吃了一顿火锅之后，我连续拉了三天肚子，总觉得屁股火辣。刚开始以为只是急性肠炎，吃了点药，三四天也不见好转，我想自己应该长了传说中的痔疮。

那天是周末，和我熟识的几个主任刚好都不上班。值班医生是唐远，一个身材挺拔、面容俊朗的年轻医生。唐远说：王哥，你侧躺到检查床上，我看看。我以为仅仅是看看，之后才知道自己大意了。我经历了人生第一次“指检”，那滋味，真的让人痛不欲生。

还好痔疮没破。他给我开了一个中医方子，说这个方子很实用，石榴皮、葱白、白矾，温水坐浴五天，让我回家先试试，不管用了还得手术。作为中医黑，我问唐远：管用吗？他说：你试试吧，应该多少管点用。

照方用药，三天后，我已完全恢复正常。

我问唐远：这种方子为啥不大规模推广？患者得少多少痛苦呀。他说：王哥你不在临床，有些事你不知道，这个方子是医生之间流传的，大家都觉得管用，但是不在诊疗指南里。咱们认识，我敢给你用，不管用你也不会找我麻烦。但患者要用，一旦出现问题，就都是医生的责任。所以我们只能按照指南来诊疗。

他问我：你记得神经外科李远平主任的事儿吧？我顿时觉得唐远的选择有他的道理。

李主任是神经外科著名的“一把刀”，我们有胶质瘤的病人都会介绍给他。他经验丰富，技术一流，经他手术后的患者复发率极低——胶质瘤是一种恶性肿瘤，复发率奇高。经常有患者切了瘤子，还没出院，一复查，又长了出来。

做这个手术风险很大，一旦位置不好，切多一点，患者就有可能连手术台都下不了。有一些保守的医生就会选择保险一点，少切一点。这样的医生我不能说是庸医，他们是被一些患者和家属吓怕了，先保命，再说手术。而李主任是其中的异类，该切多少切多少，将风险全都放到了自己身上。常在河边走，哪有不湿鞋。2013年，连续两例胶质瘤患者出现了后遗症，而且这两个患者的家属还都不是善茬，每天行政办、医务处、卫健委到处告状。而李主任的脖子，那是属长颈鹿的，头颅高高扬起，只要自己没错就绝不低头。在他那里，黑就是黑，白就是白，没有折中的妥协做法。那年他四十七岁，正是外科医生的黄金年龄，最后不得不辞职，远走海南。

唐远说：我们是医生，也是普通人，也有父母妻子，总得先有工作，养活他们对吧？晚上我和璐姐感慨这个事儿。璐姐说：这种现象很普遍，不是医生不想给患者用最省钱的方式，而是不在指南里，他们不敢用。

那天晚上我正看《三体》，里面有句话：人类不感谢罗辑。

乳腺癌患者张飞

—

斗牛

张飞五十六岁，是个壮汉，五大三粗的那种，在太原某个大型国企当高管。我正好是这个企业的子弟，他和我姐还是同事，所以我们之间还算熟识。

那天张飞给我打电话，说想来我们医院看病。我问他具体什么病，他说到了再说。我说：你得告诉我，需要给你挂号。他挺不好意思地说：那就挂个乳腺科吧。

因为是男性就诊，我也进去看了看。当医生挤压他乳头时，已经出现黄色溢液，并且乳房皮肤也出现了橘样改变。他说：前两三年，已经发现乳头凹陷，但也没当回事，最近发现挤压时有溢液，估计是发炎什么的，才想着来治疗。我们医院乳腺科是山西最好的乳腺科室之一，主任说不用做检查了，先住院吧。他问：估计是啥病？主任说：你要做好准备，十之八九是乳腺癌，男性发病率占乳腺癌患者的百分之一，还算挺常见的。

因为性别原因，张飞被安排进了单间，我姐和我去看他时，只有他一个人。我说：你这也不来个家属？他笑着说，也没啥事儿，生活现在还能自理。后来我姐告诉我，张飞年轻时被称为他们企业的四大才子之一，早早离婚，四十多岁时找了个还不到二十岁的小姑娘，那女孩还没我大。张飞的父母现在将近八十岁了。

第二天做完钼靶，钼靶医生给我打电话说，你这朋友确诊乳腺癌，并且看形态是晚期。下午，张飞问我检查结果出来了没，我说出来了。他问我是不是乳腺癌，我一下不知如何回答。我告诉他：你和主管医生沟通吧，医生会跟你说。他说：是个啥情况，你别瞒老哥，老哥风风雨雨这么多年，能挺得住，大不了就切个奶呗，能有啥？

张飞的性格一向开朗，我估计他能接受。我就和他说是乳腺癌晚期，能不能手术，还需要医生做方案。他沉默片刻说：没事儿，大不了死球了。

晚上，主治医生给我打电话说，你那朋友闹腾着要出院，要春节后再做手术。我赶紧联系张飞，说：你这病情已经是晚期，一天一个样子，能早做尽量早做，这离春节还有两个月，病情会发展成什么真不好说。

电话里的张飞就跟换了个人一样，不再大大咧咧，很不客气地说：身体是我自己的，我说不做就不做。立马让他们给我办出院，需要我签什么字我签，我一定要出院。

后来我姐说，张飞办理了出院，第二天就去上班，但他得乳腺癌的消息已经不胫而走。人也变得非常乖僻，以前与人为善，现在是坏事做尽，跟斗牛场里的牛似的，开会时想骂谁就骂谁，董事长也直接往回顶。但越是这样，人们越顺着他。

这种状态差不多持续了一个月，在2020年最后一天的下午五点十分，他的短信在一大堆的新年祝福短信里格外显眼：今天将是我最后一个黄昏，太阳会在五点二十落下，感谢所有帮助过我的人，希望你们一切都好，也向所有我伤害过的人致歉，我们来生再聚。

元旦一早，我姐给我打电话，说张飞回老家后在寒窑里生炭自尽，她作为工会负责人，要去帮他家人料理后事。

王道的道

—

化为恶龙

那天在门诊见到了王道。他笑着对我说：小同志，你认识我不？我也是咱们医院的，退休很多年了。他说话的时候，嘴角流涎，颤颤巍巍。我满眼疑惑看着他，问他贵姓。他说：我是王道。

这个名字对我来说，如雷贯耳。

其实之前我和王道有过一面之缘，那会儿我刚参加工作，在办公室门口见到他，办公室大姐跟他打招呼：呀！大专家，您怎么来了？王道阴阳怪气地说：我确实是大专家，你们还认识我？他走之后，同事告诉我，这人是王道，传奇一样的人物。

后来，我和临床医生们熟悉之后，才知道，王道不只是我们医院的传奇，甚至在山西医疗界也是个人物。

王道毕业于省里一个中专。在医疗行业这样一个讲究出身的地方，本来不会有他的一席之地，由于八十年代人才匮乏，他才勉强当了医生。由于学历问题，他也只能在师傅做手术时，帮忙拉拉钩、缝缝皮什么的，想操刀手术，难上加难。

后来，王道经过不懈努力，终于考上了研究生。在同学们已经开始跟着师傅做手术、出门诊的时候，他每天泡在解剖室，对着大体老师一遍又一遍地解剖。在没有大体老师的日子，他就逮个流浪猫、流浪狗练手，要么就进手术室观摩手术。再次回到医院，对人体的整个胸腔解剖结构，王道已经了然于胸，他只缺少实战的机会。为了获得机会，王道放弃了所有的白班，向科室主任申请了医生们不愿意值的夜班、急诊班。在夜班的世界，他就是病人的“王”，来的一些食管癌急性出血、肺癌急性出血病人，都由他来上手术。

心胸外科，被业内称为凶险外科，因为好多病人来的时候都活蹦乱跳，一旦手术不顺利，可能连手术台都下不了。那时有个煤老板，得了食管癌，从北京请最好的胸外科专家来做手术。做手术计划时，专家说这个手术最少得四个小时。王道说怎么能用四个小时？最多三个小时！北京专家的权威受到质疑后，勃然大怒，放下了狠话，在中国的医疗界，还没有见过这么大手术三个小时就能做完的人。胸外科主任当场呵斥王道，让他从会议室出去。王道不卑不亢地说：你们不可以是你们不可以，但我可以。

北京专家说：你能你上，出了事儿算我的，但四个小时内做不完手术，你就不用干这行了，医生的大忌就是眼高手低。

随后，王道用两个半小时做完了手术，整个过程大家全程观摩。结束后，北京专家感叹，居然真有这样的手，这样的人。王道一战成名。

北京专家也是颇具名士风范，并没有妒贤嫉能，反而在北京为王道大肆宣传，各种学术大会也邀请王道参加。许多同行看了王道的手术视频，都觉得太不可思议了，人的手怎么能有这样的速度。全国各地，都开始请王道去做手术演示。

原来的心胸外科主任退休后，王道顺理成章地当了主任。然而，当上主任的他却将手术权力全部收归到自己手里，底下的几个徒弟，四十岁了还不让做普通的小手术，只能给他打打下手，缝皮拉钩。即使请教个问题，也是各种贬低、嘲讽，关键的内容什么都不教。

当年的屠龙少年，最终化为了恶龙。

十年后，刚五十出头的王道，发现自己的手开始不自觉地抖动，悄悄去上海做了检查，确诊为帕金森病。回来后虽然极力隐瞒，但病情还是被同事发现。再有重症病人时，他已经不敢再上手术，回头看看自己所谓的徒弟，没有一个能独挑大梁。

有一次，来了一个典型病例。徒弟们怂恿师傅：您一世英名，这手术还是个事儿？王道技痒难耐，又不想在徒弟们面前认怂，硬着头皮上了手术。患者在手术中大出血，他叫徒弟们去帮忙，但手术确实够大，徒弟们都不能胜任。最后病人没能够抢救过来。

病人出事后，科室里的医生给院领导写了封联名信，医院领导层权衡过后，辞退了王道。

有一次，我和现任的心胸外科主任吃饭。他说：要单说手术，这么多年我就佩服过一个人，就是王道。我说：您受了他半辈子的打压呀！他说：一码归一码，他那手术技能，真的是无敌。九十年代食管癌手术两三个小时，你是没看过他手术，解剖结构熟悉得不能再熟悉，关键是手上没有任何多余动作。现在都21世纪了，我们还得四个小时，可惜呀，没能学到他那一手。

枣核也致命

—

老龟的算盘

2017年，我们医院接收了一个病例，现在每每说起，几个科室的医生都心有余悸。

那几天，内镜室刚刚经历完“魔鬼端午节”。之所以这样称呼，因为每年五月初五前后的几天，内镜室都是紧急备战状态，基本上每天都要处理一百多例枣核食道异物。当然，端午节当天是最多的。

那天是五月初八，照理说高峰已过，正在值班的内镜室医生接了个电话，说急诊来了个食道异物病人，需要赶紧安排手术。内窥镜进入食道，在距病人门牙十七厘米处，发现食道已经被扎穿，但枣核却不在。内镜医生顿时惊出一身冷汗，他知道，这意味着要么枣核已经掉进了胸腔，要么掉到了胃里，经肠道排出。第二种情况可能性非常小，因为肠道有几处非常狭窄，枣核要顺利通过全靠运气。

病人是前几天在朋友家吃粽子时出现了这情况，也是朋友陪他来的医院，而且这朋友跑前跑后，非常尽心。据说两人是发小，关系非常好。朋友是个小公司老板，病人跟着朋友一起干，公司财务上曾经出现过问题，病人为朋友顶过包，不敢说生死交情，但绝对算得上同荣辱、共富贵了。

内窥镜取异物，几千块钱，朋友很爽快地垫付了。经过进一步检查，发现患者甲状腺、胸腔、纵隔均发现外伤感染，可以确定的是，枣核已经掉进了胸腔，万一扎破主动脉，那就神仙也救不了了。

随后，病人转入胸外科，经过CT检查，没有发现枣核，随着住院费用逐步升高，朋友的态度开始发生转变，逐渐龟缩起来。最先是找到医生，问医生确定不确定枣核掉到了胸腔里，医生说不确定。之后又问手术找到枣核的成功率有多少，这个也当然不敢确定。很多人对医学有个误解，感觉在胸腔里找枣核就和弯腰捡石头一样。其实人体内部很复杂，解剖学得再好，不管是胸腔镜下去还是开胸手术，都要避开各种重要脏器、血管、神经，不用说找一个小小的枣核，就是普外科找个胆囊，都非常不易。

随后，这朋友开始玩消失，彻底缩壳里了。家属打电话，不接，医生打电话，不接。而家属的态度，也很暧昧，后续的住院押金不交，手术的字不签，说是要等这个朋友来了再决定。很快，病人出现了昏迷，必须气管插管了。

那天是我们一个年轻的医生值班，家属突然开始叫医生，值班医生过去，发现病人插管处开始往出涌血，他也是初生牛犊，连手套都没戴，就用手上去按压止血，最终惊险地把血止住了。在清理抢救现场时，值班医生发现病人枕头旁边有一颗沾满血迹的枣核。

医生们推测，很有可能由于胸腔出血，不知卡在什么地方的枣核被涌出的血液带了出来。这个患者已经不能用人品爆发来形容了，基本上算是死神掷骰子掷出了三个六，放了他一马。

枣核找到，后面的治疗就相对简单多了。这时候，病人的朋友，这只老乌龟又神奇地伸出脖子，老远就能听见他的算盘珠子声儿。朋友将所有费用补齐，并且给了家属一些营养费。之后，两人又如兄弟一般亲密。出院那天，皆大欢喜。

后来，值班医生的师傅严厉批评了他，在那种情况下，不戴手套就止血，这是病人没事儿，万一感染了导致死亡，就这朋友和家属的操行，肯定想找个替罪羊，你这医生就别想干了。

于是，在这世界上，又多了一个循规蹈矩的医生。

人世间

急诊科的吉祥物

第一次见到余六六，是我刚到医院工作那会儿。那天我总值班，在急诊科见到三十多岁的她，一看就知道她智力发育有问题，身体很大只，头却很小，目光呆滞，正拿着一把扫帚扫地。我问急诊科主任：现在保洁公司都雇这类人员？急诊科主任笑着解释说：她叫余六六，我们科的吉祥物，老主任留下来的，我们都很喜欢她。

老主任姓余。1975年6月6日的早晨，他来医院上班，看到急诊科门口的垃圾桶前放着一个小包袱，还在动。抱起来一看，包袱里是一个女婴，三四个月的样子，小脸黝黑，但眼睛明亮，正对着他笑。余主任说，他当时心中一暖。把孩子抱进急诊，余主任就开始联系派出所、福利院，但那个特殊年代很多单位都不能正常运行，没有单位愿意接收。就这样，女婴在急诊科落了户。因为是6月6日捡到的，所以大家给她起了个名字，叫六六，随余主任姓。余主任是北京人，下放到山西，据说之前还被打成“右派”，性格内敛，一直也没结婚。由于家里没有女人，孩子就放急诊科，谁上班，就抽空帮带带六六。

最开始六六一切正常，但六个多月时出现了发育迟缓现象，两岁多出现语言障碍。尽管就在医院，做遍各种检查，也没查出病因。五岁了仅仅会喊“爸爸”，说一些简单的词语，不管周围有没有人，会一直微笑、拍手。同时又出现运动障碍，尽管不影响生活，但也不能像其他小孩一样奔跑、蹦跳。那时候已经改革开放，各单位也都正常运行了。院领导找余主任谈话，说：这么大孩子天天在急诊科，不合适，您也四十多岁，带着这么一个有智力障碍的孩子，还真不准备结婚呀？不如送福利院吧？

余主任一想也对，就听从建议了。可是就在福利院工作人员带着六六走出急诊科时，六六突然回过身，歪着头，微微一笑，看着余主任清晰地喊了一声“爸爸”。余主任顿时泪崩，跑过去一把抱住六六泪如雨下，院领导也只能在旁边叹息。之后，余主任办理了正规的领养手续，六六依然在急诊科生活。

经过持续观察，余主任发现六六主要特征是对热敏感性高，睡眠少，迷恋水、纸、塑料等东西。在医疗信息匮乏的年代，他最终在国外文献中查到，六六得的是安格曼症候群，英文叫Angelman syndrome。它有一个异常美丽的名字——天使综合征，是一种基因表达异常或功能缺陷引发的神经发育障碍性疾病，直到今天，也无法治愈。

在之后的三十年时间里，余主任的一项重要工作就是对六六进行健康管理。通过图片卡、交流卡等工具，六六获得了最基本的交流能力，通过一些基本的行为训练，六六学会了吃饭、扫地、擦桌子等基本生活技能。

1995年，余主任退休，想带六六回家，但六六说什么也不愿意迈出急诊科的门。余主任自己走了出去，六六在后面一直喊“爸爸，爸爸”，但就是不愿意出去。之后，退休的余主任每天还来急诊科看六六。六六除了智力障碍，还算能照顾自己，也能帮科里做些打扫的活儿，跟急诊科的医生、护士，不论老中青，都能相处得十分融洽。没有烦恼的六六，成了急诊科天使一般的存在。

2006年，七十一岁的余主任查出了肺癌，身体一天天衰弱下去。弥留之际，他拉着急诊科李主任的手说：我教了你一辈子，没开口求过你啥事儿，今天求你一定要照顾好六六。等你退休了，让下一任主任、再下一任也都好好照顾六六，我代她谢谢你们了。也就在那天，正在护理站玩打印纸的六六突发癫痫，躺在地上不停抽搐。

2017年6月的一天，六六突发脑出血，她瞪着空洞的眼睛，双手向上挥舞，一直叫着“爸爸，爸爸”，叫了整整一夜。第二天，从容去世，脸上还带着那种特殊的微笑。

无法取代的小西

我跟江老太太认识，是经由她的女儿，更准确地说，是她的养女。

养女跟老太太姓，在一个自媒体公司工作，姑且叫她小江吧。小江给我打电话，问我能不能帮开一些“睡觉”药？我说：这种精神类药品，你按正规程序开就行了，管理特严格，要是你不想让我吃牢饭，就走正常程序。她说母亲开始老年痴呆了，一到晚上特兴奋，不睡觉，而且根本没法沟通，白天的时候就和正常人一样。我说：帮你挂个相关专家的号，你带她来系统地治疗一下吧。

很多年前，小江就给我讲过她的母亲。小江母亲曾有一个亲生女儿，五六岁时坐火车回长治的路上丢了，她和丈夫找了好几年也没找到，后来两个人离婚，这才收养的小江。小江说收养自己的时候，她已经七八岁，完全记事儿了。这么多年，江老太太对自己视如己出。

后来我见到了江老太太，尽管这个女人已经六十多岁，但能看出来她年轻时一定是个美人。江老太太完全没有老年痴呆的表现，神经内科主任问她什么问题，她都能对答如流，主任让做了个量表，显示也只是有老年痴呆的痕迹而已。小江觉得不可能只是痕迹，江老太太一到晚上就完全不认识自己，也不知道自己在哪儿，经常会问小江：你是谁？你是我女儿吗？我们这是在哪儿？校场巷的房子没这么大呀？老杨去哪儿了？

这个老杨，就是江老太太的前夫。

神经内科主任说，量表不会骗人，老年痴呆肯定不严重。后来又让老人做了份焦虑症的量表，显示有严重的焦虑症。主任说这不是老年痴呆，是严重的焦虑症，精神类疾病，随后开了一些缓解焦虑的药物。

过了差不多半年，有天早晨六点多，我还没起床，小江打来电话问：你们医院治疗严重冻伤怎么样？我告诉她，整个山西在这方面都一般，因为山西很少出现极端寒冷的天气，东三省可能在这方面比较有经验。她问：认识那边医院的不？我给她介绍了哈医大附属第一医院的一位医生。

再次见到小江，她胳膊上戴着个孝牌，我问：是不是阿姨不在了？她说：那次给你打电话，就是因为母亲的事儿。说话间眼睛就开始红肿。我说：你不是要冻伤的医生？她说：母亲就是因为失温才过世。

从我们医院回去后，小江每天按时给江老太太喂药，但是病情一直没有什么好转。后来她休年假，就带江老太太回长治老家住几天，想着换个环境病情可能会好些。

那天刚吃完晚饭，江老太太给小江讲小时候的事情，但是小江一点印象都没有。正说着，江老太太说去上个厕所，小江就去收拾餐桌。农村家里的厕所就在院子里，小江也没当回事，等她收拾完，江老太太还没回来，她去厕所看，哪儿有什么人呀！她赶紧叫舅舅和其他亲戚，但是大家找了一晚上都没有找到。

直到第二天早晨六点多，当地医院打来电话，他们才知道江老太太在哪里。她是被二十多里地外另一个村子的村民发现的。村民说，早起收拾院子，远远看见山下模模糊糊的，像是躺着个人。赶过去一看，确实是个老人，面色红润，但呼吸已经非常微弱。深秋的山中，气温经常降到零度以下。老人看着就快冻死了，他们赶紧给村主任汇报，村主任打了急救电话。120送到医院后，老人已经生命垂危，她身上有个太原公交的乘车卡，所以才很快联系到了家属。

小江见到母亲时，母亲只能虚弱地说几句话，由于长时间的失温，老人各项器官都已经衰竭，随时都有生命危险。江老太太跟小江说，谢谢这么多年一直陪着她，但是这次自己真的要走了，昨天晚上就是看见小西（她的亲生女儿）在院门口跳绳，她一直跟着小西走，追了一晚上才追上小西，她已经答应小西，这次一定要看好她，不能再把她弄丢了。

小江说，母亲不是冻死的，她是伤心死的。这么多年，本以为自己已经取代了小西的位置，但母亲依然如此想念小西。

她知道小西是小西，而她永远只是她。

不过这样也好。

“养蛊”记

老田是太原周边一个村子的村主任，那个村子在大山上，总共二十几户人家，户籍人口不足一百，常住村民也就五六十人。我是在一次野游迷路误入了这个村，看村口有个农家乐，就上前攀谈，老板极为热情，他介绍自己姓田，经营着这个农家乐，同时也是村委会主任。

老田问我要不要尝尝他们家的野猪肉，农闲时自己在山上打的，保证野生。在我印象中野猪肉又柴又干，极不爽口，但老田做的野猪肉有种异香，追问之下他神秘地告诉我野猪肉要想做得好吃，一定要用雉鸡的鸡油炒制，但雉鸡鸡油难得又违法，只能悄悄地不去张扬。

这个村景色异常优美，尤其是雨后，所以我偶尔会和朋友开车来散心，跟老田也渐渐熟识了。一次饭后，老田问我：你在医院工作，说说为啥我咋吃都不胖？是不是消化不好？我问他有什么症状。他说平时经常恶心、腹胀和腹痛。我建议他去医院看看，同时给他推荐了一个医生。

消化科医生给老田做了一次粪便的病原学检查，发现粪便中不仅有绦虫虫体节片和虫卵，同时还有蛔虫、蛲虫、钩虫等。一个人能感染这么多种寄生虫，我不仅第一次见，听说都是第一次——他不会从古代穿越来的吧？为了保险起见，医生又让老田做了个头部的CT和核磁共振检查，很不幸地发现绦虫幼虫已经从肠道迁移到脑部，而且大脑中有很多绦虫形成的囊肿，密密麻麻。神经外科医生问他有没有癫痫等症状，老田说从来没有过。医生感叹，这么多的虫子都没有癫痫也真是医学奇迹。后来又补做了一个腰部的核磁，发现脊柱上也有一个占位，高度怀疑也是一条寄生虫。

在两个月的驱虫治疗后，老田来医院复查，精神状态已经明显好了很多。一些病人康复后看望医生，会拿点土特产，老田也是如此。他来的时候穿着一身迷彩，肩上扛着两只蛇皮袋，见了我放下袋子，打开让我看。袋子里是两条血淋淋的猪后腿，已经褪了毛，皮色发黑，一看就是野猪腿。给医生时，吓得医生连连后退，说千万别，拿回家我们也不会处理。

复查后，粪便中仅有少量绦虫节片，脑室的幼虫大部分也都杀死了，但是两条成虫和脊柱里那条虫子还比较活跃，需要手术处理。老田说：我现在感觉身体倍儿棒，两条虫子不要紧吧？医生给他解释虫子是要生虫子的，一生就不是一个两个，并且像他这么严重的寄生虫感染情况极其少见，置之不理的话，随着时间的推移，不排除出现腿脚不便甚至癫痫的可能。

手术是神经外科医生给做的，从手术室窗口端出的无菌盘中，三条活体虫子还在扭动着身躯，其中从脊柱里取出那条有十厘米长，十分骇人。出院后老田偶尔会打电话让我去他那里吃饭。我跟他半开玩笑地说：怎么？也想拿我来“养蛊”？

他说自己早就不卖野味了，都是家养的，仅仅是打着野味的牌子。没办法，很多人就认野味，现在成本比以前低了，反而更赚钱。

妻子的报复

不同于某些国家，我国是不允许死刑犯捐献器官的，自愿捐献都不可以，所以，器官移植的各种脏器，几乎全部来源于患病或受伤去世的人。

小周医生是做肾移植手术的，她说，器官移植做久了，会怀疑人生。全国孩子为母亲捐献肾脏的，只有两例，而母亲为孩子捐献肾脏的，有四十万例，父亲为孩子捐献肾脏的，有五万例左右。她说自己所接触到的，最令她震惊的，是在河南进修肾移植时遇到的一个捐献者。

刘张是一个成功的小商人，电机生意做得风生水起，妻子是跟他一起从农村出来的那种很传统的女人。自从刘张有钱后，就经常外出，不是参加招商会，就是谈生意，大部分时间在外地，但会按时给家里打生活费，妻子也就对他没有太大限制。直到有一天，妻子去公司，看到他和一个小文员在办公室卿卿我我，实在受不了，挑明说离婚吧。刘张满不在乎地说：离就离，公司不在我名下，离婚的话，你一分钱也分不走。为了生计，妻子忍了下来，从此不再提离婚一事。刘张更加明目张胆，和小三出双入对，朋友们都称小三为小嫂子。

有一天，妻子正在家睡午觉，接到一个电话，问是不是刘张妻子，说刘张出车祸了！妻子以为是电话诈骗，挂了电话继续睡。不一会儿，又打过来，清楚地说出了车牌号、车祸地点、身体特征等，妻子估计这是真出事儿了！

在医院抢救室，妻子见到了刘张。由于车祸撞到了头部，大脑受损严重，刘张已经陷入脑死亡状态。小周医生跟着其他医生和妻子接触，想试试看家属是否同意捐献肾脏，帮助其他人。

妻子坐在手术室外的椅子上，周围没有一个人。小周医生凑过来，说明来意，做好了迎接一顿劈头盖脸咒骂的准备——在家属最悲伤的时候去谈器官移植，是许多人都无法接受的，遭受谩骂对医生而言，已经习以为常。没想到妻子问除了肾脏还能捐什么。小周医生一愣，说：眼角膜、心脏、肝脏、脾脏、小肠都能捐献的。妻子问：还有什么能捐？你帮我联系一下，所有能捐的都捐了。最后，在以上常规捐献的基础上，妻子把刘张的皮肤、头发、毛囊甚至骨头都做了捐献。小周医生震惊极了，她感叹这个女人的大义，做了这么多年器官移植，第一次见到这种倾尽所有的家属。

取完上述器官及身体组织后，几位医生都想感谢这位妻子。妻子说不用感谢，她不伟大。小周医生送妻子出医院时说：您捐献的这些器官至少能救十个人了。妻子有倾诉的欲望，于是给小周医生讲了他们夫妻之间的故事。她说：小周医生，你还年轻，一定要找到值得托付的人再结婚。我和刘张做生意那会儿，他进货，我卖货，九十年代的冬天特别冷，他进货回来，就让我把双手放到他怀里取暖……我们从路边摊干到开公司，最后我换来如此下场，我伟大吗？我只是想报仇！你知道我丈夫是怎么死的吗？他是跟小三出门旅游出的车祸！我已经忍他这么多年，这次终于可以报仇了。她是报了仇，可也未必开心。

小周医生回到手术室，看到取完所有可用部分后的尸体——只能称得上一堆烂肉——心中感慨万千。而楼上的神经外科里，小文员在车祸中也撞到了头部，昏迷不醒。事主死了，家属不知道这起车祸该找谁，也不知道该由谁来垫付医药费，一个年轻的生命插满管子，挣扎着求生。

罗生门

小阿是个十八九岁的小伙子。那天晚上我总值班，急诊医生叫我，说朔州转来一个年轻人，大腿上挨了一刀，急需手术，但是患者身上钱不够，需要总值班签字。按照规章，这种字当签。

走完流程后，我去急诊看这个叫小阿的小伙子，只见他的裤管已被剪开，包扎着伤口的纱布完全被血浸湿，眼神中满是倔强，一声不吭。

按照规定，刀伤、枪伤这种病人我们要报警。家属说他们在朔州卖烤串，小阿由于和未婚妻吵架，拿起割肉的刀朝自己腿上捅了一下，没想到捅到了动脉，当地医院处理不了，转到我们医院。

后半夜，小阿上了手术台，我帮不上忙，就休息了。恍惚间，我被一阵急切的敲门声惊醒，是一个面容姣好的女子。她告诉我她是小阿的未婚妻，还有张单子需要我签字。签完后，她千恩万谢，表示第二天一定会将费用补齐，并且要将她的身份证和一个玉石吊坠押给我。对于玉石，我还是懂一些，那是一块上好的和田羊脂玉，不算大，但颜色极佳。押身份证是正常手续，但押贵重物品，就超出了规定，于是我让她收好吊坠，只将身份证留下。

我又去血管外科看了看小阿，手术顺利，术后的他也很平静，说已经让自己的未婚妻拿银行卡去取钱，很快就会补齐，让我放心。

第二天，血管外科护理站的护士打电话问我是不是签过几张总值班急诊手术单。我说是的。护士说，病人半夜不告而别，现在欠费两万多，谁签字谁去追费。我给小阿打电话，关机，再去总值班看，身份证上面有姓名、地址，电脑上一查，那是一个边陲小村。

最终这事儿不了了之。因为是正常治病救人，医院担负一部分，科室担负一部分，我负责的部分也不算多，也就渐渐忘却了这件事。

过了四五年，有一天我正在办公室，一个小伙子推门而入，第一眼我便认出是小阿。他腼腆地对我笑了笑，说：那次真不好意思，当时是真的没钱了，只能坑你，这次来医院费用已经补齐。

中午请他吃饭，我了解到，小阿出生的那个小村子，下了火车坐汽车，下了汽车还需要骑马好几天才能抵达。

他从十二三岁就随乡人外出闯荡。当时那女孩还不是他的未婚妻，而是他的女朋友，他们跟一个同乡小伙子在朔州卖烧烤。那天，女朋友和同乡先回他们租的房子，他独自营业到十点，回家后正巧女朋友衣衫不整地从同乡房间出来。这种事怎么能忍？他跟女朋友大吵起来，激动之中在自己腿上捅了一刀。在医院手术后，他将银行卡交给女朋友让她去取钱补上费用，女朋友却和同乡一去不返，还将他几年的积蓄全部裹走。

我和小阿渐渐熟识了，他在太原一个大型烤肉店打工，有时我就去那里吃饭。有一天，我又去烤肉店，突然看到一个服务员长得特别像小阿女朋友，于是叫住她。她一看到是我，非常不好意思，几乎都想转身走了。

在楼道里，那女孩让我不要再跟小阿来往，小阿身染毒品，说的任何一句话都不能相信。当初她离开小阿，就是想脱离他，但他回到家乡威胁她的父母，她没办法才回到他的身边。看我将信将疑，她问我还记不记得那个吊坠，那是她奶奶留给她的，已经被小阿卖掉了。

几天后，小阿打来电话，问我愿不愿意跟他合伙开一家烤肉店，投资数目不小。

小芳，小芳

小芳是乳腺科杨主任的一名患者，做手术时只有二十八岁，离过一次婚。

她是杨主任通过门诊收治上来的，当时主诉自己乳房皮肤最近变得非常粗糙，并且乳头有液体流出。B超和钼靶检查后，杨主任高度怀疑小芳患了乳腺癌。

直至术前谈话，一直都是小芳自己跑前跑后，并没有见到她的父母或其他亲属，这点让杨主任非常疑惑。因为这次手术需要切除一侧乳房，这对于二十八岁的女人不免有些残忍，所以杨主任建议她委托家属签字，但小芳执意自己决定。她告诉杨主任，自己的病始终都没告诉父母，他们已经很老了，不想吓着老人家，她自己可以承担一切。因为手术太大，杨主任还是坚持让小芳的父母或者兄弟姐妹知情。

手术前一天，小芳的弟弟匆匆赶来，在病床前眼含热泪，双手捧着姐姐的手，但小芳的表情却很冷淡。晚上九点多，杨主任查完房准备回家，看着小芳一人坐在消防通道的长椅上。作为女人，杨主任深知乳腺癌手术意味着什么，她担心小芳，就跟她并排坐下，试图安慰一番。

小芳抬头问杨主任：杨主任，你知道我为啥离婚吗？

杨主任已经想好了很多安慰的语言，没想到小芳却用这个话题作为开场。从小芳的讲述，杨主任得知，她从上大学开始，就当促销员、礼仪小姐，还带家教挣外快。而她的弟弟，除了伸手向她要钱，其他的事一概不作交流。大学毕业的第二年，小芳结了婚，丈夫是太原市某事业单位的一个中层干部，比小芳大六岁。新婚伊始，父母就不停地向女婿索取，今天帮忙换台电视，明天给买台净水机，过两天再添置一个电视柜……最后，他们的婚姻只维持了三个月。小芳说，她一点都不怨恨她前夫，没有任何一个男人能经得起这种折腾。

离婚后，小芳除了正常工作，还办了一个补习班，学生不少，两年时间在太原买了一套六十多平米的房子。那天下午弟弟在她床前，就是央求她将房子过户到自己名下。事后，杨主任告诉我们，她从医多年，劝慰过无数病人，但那一刻实在不知道该如何安慰小芳，只能不停地说，乳腺癌预后很好，不用过于担心。最后，杨主任逃也似的离开了医院。

第二天的手术很顺利，但术中活检支持乳腺癌，还属于难治型，易复发、转移。几天后，小芳已经能下地活动，杨主任正在犹豫怎么告知小芳这个消息时，小芳找到了主任，从容淡定地问：结果不好吧？没事，我早想到了，该怎么治怎么治，但您别告诉我父母，他们明天要来。

小芳的父母看上去非常衰老，满面都是皱纹，问：什么时候能好，家里房子要装修了，你能给补贴多少？弟弟谈了个女朋友，估计也快结婚了，你得拿出五万支持一下！最后，杨主任实在看不下去，就数落她父母：你们知道自己姑娘得的什么病不？你们知道她还能活多长时间不？弟弟是肉，姐姐就不是肉了？最后，父母疑惑地看着小芳，小芳直盯着父母，告诉他们自己得的是乳腺癌。父亲骂道：你个死丫头，现在都知道用癌症吓唬我们了？哪有这么年轻就得癌症的？反正不管怎么样，你弟结婚你得出钱。最后，杨主任叫来保安，请出了这对父母。一直到小芳出院，都再也没有见过她们。

小芳术后两年左右，在一次常规检查中，胸部CT提示癌细胞可能已转移到双肺。小芳没有表现出悲伤，浅笑着问杨主任：是不是又得每天跟你报到了？

之后的化疗，异常痛苦，一期接着一期，但效果并不理想。小芳又出现了新的不适，全身疼痛、乏力，食欲下降，体重也减轻。全面检查评估提示：多发骨转移、肝脏转移。再化疗下去，除了受罪别无效果。

最后，杨主任跟小芳一起办了出院手续，那是她最后一次见小芳。

姐弟

小七是一个六岁的孩子，生于忻州下辖的某个县，爸爸在他三岁的时候离家打工，后来杳无音讯，从此与妈妈相依为命。妈妈叫何花，第一次见到何花，我怎么也无法相信这是一个三十岁都不到的女人：一米五左右，身材滚圆，满脸风霜，看上去怎么也在四十开外。

小七的病，有早期症状，但何花忙农活没有注意到。三四岁的时候，小七走路不稳，经常摔倒，脸上总是青一块紫一块，何花还以为只是孩子学走路时的正常现象。这年五月，小七突然开始半身麻痹，阵发抽搐，到县医院一检查：严重脑梗。对一个六岁的孩子来说，脑梗明显不正常，医生建议他们到省城检查，来我们医院一查，是“烟雾病”（烟雾病是以双侧颈内动脉虹吸部及大脑前、中动脉起始部严重狭窄或闭塞，颅底软脑膜、穿通动脉等小血管代偿增生形成脑底异常血管网为特征的一种慢性脑血管闭塞性疾病。因在血管造影中，脑底的异常血管形状酷似吸烟时吐出的烟雾，故称为烟雾病），一种罕见的脑血管畸形病。

之所以跟他们熟识，是因为小七的病太特殊了，属于罕见病，年发病率仅约0.035‰。主治医生想留点影像资料，从入院，到造影，再到手术，我都帮忙用摄像机拍摄，所以孩子的整个就医过程我了然于胸。

何花非常配合我们的录制。我问：这病前前后后得五万左右，即使作为贫困户有医保的“136”政策，前期垫付的钱也不少，你能筹到吗？何花说：我有我弟弟呢。这个弟弟，我以为至少也得事业小成，后来见到时，没想到他却是稚气未脱的少年模样，相貌平平，戴着一副黑框眼镜。我问他多大了。他说今年二十一岁。我又问他的钱哪儿来的。他说一块一块赚的，本来想用来娶媳妇，还是先给小外甥看病吧，其他的事情再说。我问他：女朋友同意？他说：其中一万多还是女朋友赞助的。我们姐弟情深，父亲眼盲，母亲腿上有残疾，姐姐从小就对我好。我个子不高，在村里，大孩儿们欺负我，我姐也不高，但每次都跟发了疯似的保护我。现在她遇到难处，我能不帮她？

小七在介入做造影的时候哭闹不停，何花不忍看，就在门口坐着，泣不成声。弟弟抱着何花说：姐，不怕，不管咋样，还有我。

后来小七完成手术，我问医生怎么样，医生说一切顺利，只要生活习惯上多注意，不会影响孩子以后生长发育。出院的时候，我没有见到何花的弟弟，便问她：你弟弟呢？何花说：弟弟说要照顾外甥一辈子，女朋友问那一万多能不能买断这个念头？他不同意，所以女朋友要跟她分手，他想再去挽留一下。

后来，我在微信上问何花的弟弟跟女朋友怎么样了。他说他们已经和好，姐姐也还上了钱，但是估计以后姐姐再有什么困难，他也不好再多帮忙，否则，可能就打一辈子光棍了。

被牺牲的姐姐

我和李亭亭认识多年，她既是我的老乡，又是我儿时好友的姐姐，比我大六岁。1991年，我上小学三年级，她上初中三年级。

李亭亭就是那种“别人家的孩子”，学习成绩非常好，长得也很秀气，圆盘脸上一副眼镜。她有一个弟弟、一个妹妹。1991年，中专依然很受欢迎，但已显出颓势。那会儿刚中考完，李亭亭的老师对她父母说：让亭亭报高中吧！三年以后，肯定能考个非常不错的大学，北大、清华不敢保证，人大、复旦应该问题不大。李亭亭父母商量再三，跟李亭亭说：家里条件有限，你还有个弟弟，上大学的机会要留给弟弟，你得赶紧工作赚钱。于是李亭亭十五岁时，入读了太原市的一所工程技术学院。

后来，我和李亭亭几乎没有见过，她的消息都是从我父母那里听来的。可李亭亭的弟弟，也就是我的朋友，最后连技校都没有考上，更不用说大学了。我的朋友初中毕业后，李亭亭每月会给家中寄钱，但是再没有跟父母见过面。

去年，我姐给我打电话，说李亭亭正在送往我们医院的路上，她从工程塔吊上掉了下来。在急诊室，我终于又见到了李亭亭。她已不再是印象中少女的样子，身材略有些臃肿，多年工地上的操劳，使她脸上满是风霜。她的伤势很严重，小腿胫骨从大腿的侧面穿了出来，右臂的大臂骨折断，白森森地裸露在外面。与很多人的认知可能不一样，在这种大面积创伤下，大脑会启动自我保护机制，患者本人几乎感觉不到疼痛。李亭亭面无表情地躺在床上看着自己的腿骨和臂骨，一言不发。

李亭亭父母很快就来了。看着女儿的惨状，母亲涕泗横流，父亲沉默不语。工程负责人跟医生说：请尽全力救治，这是我们公司最好的塔吊司机。

李亭亭外伤太重，手术大夫能选择的方案并不多，只能尽力做好，而且因为暴露面积太大，术后易感染，那样的话就只能截肢。

好在手术很顺利。主刀医生说：如果后期恢复良好的话，说不定后遗症都不会有。住院的几天一直是李亭亭丈夫在陪护，母亲几次提出要照顾她，李亭亭都客气地回绝了，跟对待陌生人没什么两样。出院的那天，母亲要接李亭亭回娘家休养，李亭亭还是拒绝。在门诊广场上，母亲崩溃了。这个将近七十岁的女人在广场上大哭着说：这么多年了，你还是记恨我。当年不让你上大学，我也是没办法呀，家里条件只够供一个大学生，你让我们做父母的怎么办？

面对情绪崩溃的母亲，李亭亭平静地说：放心，我还会每个月寄生活费，不让你们冻着饿着。至此，老人才停止了哭闹。

回家后听我母亲讲，李亭亭的弟弟很不争气，初中毕业以后，就在外面鬼混。结了婚，老婆跟他过不下去又离了。这么多年，就是李亭亭每个月给家里寄生活费，父母才不至于陷入困顿，而父母省下的钱，都补贴给了儿子。

意难平

都道是金玉良姻，俺只念木石前盟。空对着，山中高士晶莹雪；终不忘，世外仙姝寂寞林。叹人间，美中不足今方信。纵然是齐眉举案，到底意难平。

——曹雪芹

前段时间看到铊中毒的新闻，我问急诊科老李主任，咱们医院有没有接收过类似的病人？他说：你算问对人了，我参加工作这三十多年，甚至咱们医院开诊六十五年以来，只接收过一例铊中毒，就是我接诊的。

那会儿是八十年代末，老李主任还是小李医生，那天他正值班，一个女人陪着一个男人来急诊。小李医生当时的第一感觉，就是这二人不像夫妻，更像是父女。这种搭配在现在习以为常，但在八十年代还是极其罕见的。女人个子不高但身材苗条，眉目清秀，皮肤也白。男人身材魁梧，面容粗犷，上颚突出，嘴角有颗痦子，显得异常狰狞。

男人姓张，他说最近视力衰退得厉害，看什么都模糊。因为是高中语文老师，刚开始以为是讲课累着了，但是今天突然开始觉得面容僵硬，一条腿也有点瘸，用不上力，怀疑自己得了脑梗之类的病。

按他所描述的症状，这是比较典型的脑梗。小李医生将老张收治入院，当时我们医院还没有核磁，只有一台64排CT机，已是全省最高档的检查仪器，用这台CT机检查后，发现没有梗死灶。可是老张的症状却在持续加重，原来只是面瘫、腿脚不便，住院三天以后，越发严重，已经出现运动障碍，无法站立。神经内科、骨科、风湿科等科室会诊，均没有明确的诊断意见。

有一天，小李医生查房，发现老张爱人正在用小勺给老张喂水，喂完后去洗了手，洗得特别仔细，之后才端起另一个玻璃杯喝水。这种习惯对现在的人们而言，再正常不过，但在八十年代末，几乎可以用洁癖来形容。小李医生总感觉老张爱人的举动特别不自然，又说不出具体原因。他让护士将剩下的那半碗水悄悄端出来，闻了闻，没什么特别的味道，自己又尝了一点，也没什么特别的口感。

两天后的早晨，小李医生也出现了视力模糊的症状，他第一时间想到了那半碗水。于是私下问老张：你们夫妻关系如何？老张说自己是太原某高中的老师，老三届，由于特殊原因没参加高考，写得一手好文章，性格又强硬，所以在当时也算是生而逢时。他的爱人，是解放前太原著名资本家的女儿，也是他邻居。在那个年代，老张保护了爱人一家人，所以后来她嫁给了他，夫妻二人的感情还算不错。

小李医生将老张喝的水拿去做实验，一切正常。他给北京的恩师打电话，问有没有一种物质，可以让人能够在短时间内视力模糊、嗜睡、惊厥，出现运动障碍和胃肠症状。恩师说，你说的像是铊中毒，你要不搜集一下患者二十四小时内的尿液，让人捎到北京，做一个原子吸收光谱法测定一下铊含量，这样才能确定。

小李医生照做。两天后，恩师打来电话，说确定是铊中毒。

小李医生直接报了警。警察来时，老张爱人还在给老张喂水，直接人赃并获。老张问：我这个病会不会有后遗症？小李医生说：因为时间太久，后期又延误了治疗，可能性极大，主要还是运动障碍方面的后遗症。

老张拄着拐杖去了派出所，他跟警察说是自己想自杀，所以一直喝含铊的水。警察虽然不信，但老张一口咬定就是自杀。警察问金属铊是从哪儿来的，老张就拿出刀威胁要在派出所自杀，这件事最终不了了之。

老张回医院继续治疗，小李医生私下问：你就这样原谅她了？他说：不原谅又如何？半辈子夫妻，我这个病还会有后遗症，这后半生还得她来照顾。小李医生问：那你知不知道她为啥下毒？老张说：也没必要搞那么清楚，或许终究是意难平吧。

孩子丽丽

孩子丽丽是我在一间咖啡馆认识的。

一天晚上，我在咖啡馆看到一个女孩在逗弄一只金毛，想把手里的棒棒糖喂给金毛吃。女孩面庞清秀，目光清澈。老板阻止她说：丽丽，不能给狗吃糖。她眼神有点害怕，躲开了老板。原来她叫丽丽。我随口问她多大了。她说自己六岁，但怎么看也十几岁了。等她走后，我问老板：这孩子是不是逗我呢，她才六岁？老板说，不是逗你：她十六岁了，只是这里有点问题。老板边说边用指头在脑袋上比划了一下。

那个咖啡馆去得多了，我和丽丽也渐渐熟悉。她的父母在咖啡馆旁的一个铺子卖大同刀削面。能看出来，父母很疼爱她，即使生意再忙，也把她收拾得干干净净。怕她走丢，他们在后厨忙时，就让丽丽站在收银台边不许动；闲时才允许她到旁边的咖啡馆玩一会儿，也时不时地过来看看。

有一天下暴雨，傍晚六点多我准备下班回家，打着伞刚走到急诊科门口，就看见一个小姑娘怀里抱着一只小狗在雨中奔跑，一边跑一边哭。雨水将她的绿色短袖、灰色裤子都淋湿了。我正想这姑娘是怎么了，仔细一看，原来是丽丽。

我赶紧叫住她，问她干什么去。她看见我，先怔了一下，之后便哇的一声哭了出来，边哭边说：刚才在路口，一辆车把小狗撞了，车跑了，我带小狗去医院。我耐心地跟她解释：我们这里是给人治病的医院，小狗不行。她仍哭着说：那小狗要死的，小狗要死的……看她身上湿得厉害，又怕她走丢，我就想把她送回面馆，但她就是不回，一直说要将小狗送去救治。我实在没办法，只能吓唬她：送小狗到急诊，医生就给你埋了，送宠物医院说不定还能治好。她这才跟着我走。

沿着马路走了十几分钟，我突然发现她胳膊下面有好几片青紫，问她这是谁掐的，她也不说话。终于把她送回了刀削面馆，她父母正在附近店铺一家家疯狂地找她。爸爸看到女儿回来，很生气，扬手就给了一巴掌，之后对我不停道谢。

跟爸爸聊了几句，才知道丽丽之前发育很正常，还上了学，到七八岁时发现她根本无法适应课堂，各大医院也都带着看过，查不出个所以然，最后家里被拖垮了，也就放弃了。

我们坐着说话时，丽丽妈妈已经给丽丽换了衣服，而丽丽拿着一条毛巾开始给狗狗擦拭湿漉漉的身体，不停地问妈妈要带小狗去哪儿看病。问得多了，她妈妈烦了，抬手就给了她一耳光。丽丽也不哭，只是默然地低下了头。

这可能是他们教育孩子的方式，作为外人我也不便多说。出门的时候我转头看丽丽，她眼睛里含着泪水，欲言又止。想起她胳膊下面若隐若现的青紫，我似乎有些明白她为什么不愿意长大了。

神乎其神

如果你相信传奇，那么就来医院吧。如果你“迷信”，那么就来医院吧。我可以负责任地告诉你，基本上每一家大医院都有几个活着的传奇，有几个被患者传得近乎神异的医生。不过我也得负责任地告诉你，有些消息不准确。

神经外科的王老医生，是山西省神经外科的泰斗级人物。有一次我回吕梁老家，路遇一位老者，当知道我在医院工作后，他问：王老医生现在身体如何？我说：老人家身体好着呢，每天七点半就去科里查房了，您认识他？

他说：咋不认识？八十年代时候是他救了我一命。王老医生神着呢，给我做开颅手术的时候都不用CT定位。当时我脑出血，连转院的机会都没，当地医院请王老医生来给我做手术。医院没有开颅工具，王老医生让医院的人去库房找，肯定有。后来真找着了，你说神不神？当时咱们这小县城没CT机，王老医生直接用眼睛定位，开了颅，直接找到了出血点。没有止血钳，他就用烧红的铁丝给我止血。你看，我这又活了二十多年，托了王老医生的福了！我们都叫他“王神仙”。你说他咋就能算到库房有开颅工具了？

这一问还真把我问住了，我只能暂时相信真有神仙的存在了，并且就生活在我的身边。

回来后跟王老医生聊起来，他说这事儿他记得。当时是八十年代，离“备战备荒”的岁月过去不久，山西备战时曾征询过他们这批专家的意见。他建议给每个县医院都备上开颅工具，以备万一有战事，用于不时之需。那时当地医疗资源比较落后，大夫们还以为开颅工具是骨科的手术工具，就放在库房了。但他知道这东西肯定在，这种备战的东西谁敢乱扔？用眼睛定位，那是他们那个时代大夫的“特异功能”，这是逼出来的，由于医疗条件落后，没有CT机，他们只能根据症状估计位置。做的手术多了，也就能定个差不离，但肯定没CT准确。用铁丝止血，那也是没办法的事啊，病人躺那儿，转院又不能转，又没止血钳，就得想办法啊，用烧红铁丝止血，总比不止血的存活率大吧？

刘老医生是我们医院皮肤科的老主任，已经八十多岁高龄。他曾动过一个大手术，现在身体一直不是很好，门诊一天只能看十来个病人。某天一位邻居问我：你知道你们医院的“刘画画”不？我说：刘画画？小美女？没听过！他说：不是，皮肤科一位老主任，看病只要在病历本本上画幅图，脸上的皮癣就下去了。我问：你确定那是我们医院的刘老医生，而不是茅山道士？治病靠画符不是靠吃药？他说：真的，我就是让他看好的。

后来，跟刘老医生接触了几次，发现他确实是喜欢在诊疗手册上将患者的病症部分画出来。比如脸上有暗疮，他就在诊疗手册上画一张人脸，之后拿红笔标出暗疮的位置。但那不是为了治病，而是为了下次诊疗时进行比对。后来，我跟刘老医生聊起那个邻居的说辞，他哈哈大笑，说：有一些皮肤科的疾病，比如神经性皮炎，可以通过调节生活规律、放松心情等方式不治自愈。估计你说的那个患者就是类似这种情况，看完病后没有开药，回去自愈了。

乳腺科也有一位王老医生，算得上是山西乳腺学科的创始人。有一天，我一位小学老师想通过我找王老医生看病。她说：最近乳房摸起来有硬块，听说你们医院的“王一摸”神乎其神，不管什么病，只要一摸就能确诊。什么B超、放射都不用做，甚至摸一下病都能不治自愈。听到这里我都笑喷了，一摸能确诊这我信，一摸能不治自愈，那还叫手吗？我这才知道王老在患者中居然有这么一个雅号。

晚上给老师打个电话，本来是想问问情况怎么样。电话一接通，老师就在那面开始抱怨，什么不用做B超，什么不用拍放射片，什么不用吃药一摸就好，最后还是让我做了钼靶，给开了药，说是乳腺增生。

我当时就石化了。老师，您可是人民教师啊，当年还是教我自然的，能不能不要那么迷信？一摸能确诊的那是X光机，一摸能治病的那是手术刀，大夫让你做钼靶确诊那是对您负责。让您早点吃药治疗那是您的乳腺增生已经比较严重了，是不想让小病发展为良性肿瘤或恶性病变。老师，请您相信科学，OK？

这几位医术精湛的大夫，都是靠多年经验积累起来的老专家，是我们医院的“老神仙”。有他们坐镇，虽然有时被传得神乎其神，甚至离谱至极，但终归是患者的幸运。

专家老去

由于工作原因，我需要采访一些老专家。那天给退休在家的刘老医生打电话，他操着一口纯正的北京话说：你来了按门铃，我让人下去给你开门。

很久以前就认识刘老医生，那会儿他七十九岁，还在出门诊。刘老医生个子不算高，那时候就已满头银发，让人印象最深刻的是一双眼睛，顾盼生辉，仿佛会说话。这次采访时，刘老医生走路已经有点颤颤巍巍，眼睛也不再有神，甚至有一点浑浊。他跟我说：小王，对不起，现在上年纪了，腿有些软了。

刘老医生出生于1930年，十六岁那年考入燕京大学，因为燕大的学费只收取美金，他不得已又考了北京大学医学部。大学毕业后，分配到了我们医院。无论医德还是医术，刘老医生都是顶级的，非常令人敬佩。

和刘老医生聊天，让他谈一谈这一生有什么难忘的人和事。他说，这一辈子就这么过来了，救治过的病人数也数不清了，但那都是分内的事情。要说最让他忘不了的，却是他的最后一个病人。

2019年冬日的一天，八十九岁的刘老医生刚出完门诊，已经中午了，他在楼梯上迎面遇到一个正在上楼的病人。那病人四十多岁，一看到刘老医生，就非常着急地说话，只是有点口齿不清。病人说他从外地来，请刘老医生帮忙看看病。

刘老医生带着病人又回到诊室。病人上下牙关紧咬，龇着牙急切地问：我为啥张不开嘴？我为啥张不开嘴？刘老医生检查一番，并没发现有什么明显的病因，跟他说：这应该没什么，您要不下午来，或者去急诊？我出了一上午门诊，也累了，要回去休息了。患者离开，刘老医生也开始往家走。

刚进家门，关门的一瞬间，刘老医生突然如坠冰窟——牙关紧闭，这不是破伤风的典型症状吗？老医生叫上了所有能叫上的学生，开始在院子里找这个患者，各个角落都找了，却始终没找到。让门诊办公室想办法联系，但这个患者没挂号，没有留下任何信息。他六十多岁的徒弟安慰道，也不一定是破伤风，您给他做过体格检查，没有外伤。

黏膜伤口……我没注意检查黏膜伤口啊！刘老医生

急得用拐杖狠捣地板。

晚上，刘老医生每隔一小时就给急诊打一个电话，询问有没有疑似破伤风的患者。一直到凌晨两点多，急诊突然给他回电话说，有一个病人牙关紧闭、角弓反张、反射亢进，破伤风典型。

太原的冬天非常阴冷，刘老医生拄着拐杖，颤巍巍地来到急诊科，一看，就是他白天遇到的那个患者。刘老医生按破伤风治疗，不到天亮，病人就脱离了危险。刘老医生说，破伤风的死亡率能达到百分之二十以上，他差点耽误了这个病人。

第二天，刘老医生找到院长，表示不再出专家门诊，要回家颐养天年。

采访完毕几天以后，人们在院子里再次见到刘老医生，发现他双腿已经有点站不稳了，只能由保姆扶着，在楼下稍微转转就得回家。人们和他打招呼，他也只能木讷地回应一声。

铤而走险的最后岁月

第一次见张武，是在急诊科；最后一次见他，也是在急诊科。

那天我总值班，急诊护士给我打电话说：打个110吧，我们收治了一个受刀伤的人，朔州转过来的。按照值班汇报制度，医院凡是收治刀伤、枪伤等伤者，都需要及时报警，由警察介入调查。

警察来了之后，我陪警察去见张武。那是一个二十七八岁的小伙子，箕坐在床上，面庞苍白、瘦削，双目阴郁。大腿被利刃刺中三处，痛得紧咬下唇，却一声不吭。张武的裤子被剪开了，地方医院草草处理过伤口，血却未能全部止住，还不断往外渗着，床单上有大片血迹。医生初步判断，匕首应该没有刺破大血管，但其中一刀切到了血管的主要分支，否则不会出这么多血，是否伤及神经需手术探查才知道。

趁着医生准备手术，警察问张武怎么伤的。张武冷冷地回答自己刺的。警察问为什么刺，他说跟女朋友吵架，一时糊涂。他女朋友是一个同样身材瘦削、面色苍白的女孩子，在旁边哭哭啼啼。最后警察问不出什么，也没有立案处理。

张武来医院时，带的钱不够，需要总值班签字先行手术。他女朋友过来找我签字，我问她具体怎么回事。她说，张武在当地一个黑赌场看场子，晚上有人闹事，他为了逼迫对方让步，就刺了自己一刀，对方不退让，他就再刺一刀，对方还不退让，他就再刺一刀，没想到最后一刀刺到了血管。

第二天，还是我值班，这姑娘又来找我签字，并说今天钱肯定能补交上。对于这种涉黑人员，我一向是唯恐避之不及，签完字后给接诊医生打电话，让他留意这两人。从医生那儿我才知道，张武的伤口有十五厘米，还患有尿毒症，昨天手术非常复杂，术中输了1200毫升红细胞、900毫升血浆。

再次见到张武，是在几年后。他女朋友又来办手续，认出了我，说是几年前曾经给他男朋友签字抢救过。提名字我没想起来，一说是这事，我顿时想起那个面庞瘦削、双目阴郁的小伙子。这次住院是尿毒症引发大面积心梗，带的钱还是不够。

我去急诊看张武，跟我几年前见到的模样已完全不同，皮肤黑中带黄，由于心梗，仿佛又蒙了一层白霜。医生对我说：现在完全测不到血压，等情况稳定了再手术，你先签字吧，不然用的时候根本来不及。

下午，张武被送进导管室手术，他女朋友问我能手术是不是就有救了。我告诉他，现在风险才刚开始，急性心梗死亡率超过一半，何况又合并尿毒症。

一个小时后，张武下了手术台。医生说不能放支架，病变范围太广泛了，只能考虑搭桥，但病人能不能在之后的二十四小时里坚持下来，真不好说。果不其然，到了晚上，医生打电话说张武再次心梗，没有抢救过来。

他女朋友来办手续时，给我讲了张武更多的故事。他们是初中同学，毕业后，她去上高中，张武就在当地煤矿打工。后来，两人开始谈恋爱。再后来，她上大专，两人分手。她毕业后，回到当地一个小学当老师，之后结婚，生子，离婚。张武一直在煤矿上打工，没有结婚。知道她离婚后，张武来找她，两个人一起生活，张武视孩子如己出。

前些年，张武查出了尿毒症。他辞掉了煤矿工作，到各种赌场、歌厅看场，随身揣着诊断证明。除了钱，他不谈任何条件，下手黑，敢拼命，尤其那次刺自己三刀之后，在当地没人愿意招惹他。这几年，张武靠着这种手段赚了不少钱，却没染上任何陋习。除了维持基本治疗，挣下的钱全部存在两张银行卡里，一张给她和孩子，一张给父母。

晚上，我见到了张武的父母，签完字后，他们和几个野蛮的侄子在急诊大厅厮打着张武的女朋友。从那些晦涩难懂的方言中，我听出来，他们正在逼迫这女人交出张武留下的那张银行卡。

最后一出戏

一九二五年，鲁迅先生在他的短文《立论》中讲述了这样一个故事。

一户人家生了一个男孩，满月的时候，抱出来给客人看，大概自然是想得一个好彩头。一个说：“这孩子将来要发财的。”于是他得到一番感谢。一个说：“这孩子将来是要死的。”于是他被痛打了一顿。

“说要死的必然，说富贵的许谎。但说谎的得好报，说必然的遭打。”

中国人，是忌讳谈死亡的，但是病人的承受力，可能比我们想象的要强大很多。我们村的老张就是这样。

老张不是个好人，甚至可以说是个坏人，标准意义上的流氓，年轻时时常跟别人打架，有那种拔牙都让医生不用打麻药的好勇斗狠劲儿。成家后好吃懒做，勾结了一帮人，专门在307国道上碰瓷诈骗。

2009年的春天，老张在一次碰瓷过程中，由于货车司机死活不认账，他就赖在医院做各种检查。恰巧他那几天一直咳嗽，就对症吃了一些抗生素，却没有丝毫作用，反而出现了咳痰、咯血等症状。县医院考虑是肺结核，便转到了省城某传染病院。做了结核菌素试验、CT、胸片、痰培养等检查后，确诊是肺结核，便按结核进行治疗，但症状不仅没有减轻，反而更进一步加重。

后来，医生考虑有可能是肺癌，便建议来我们医院做超声引导下的气管镜，以取活检进行病理检测。最终，在我们医院确诊肺癌。他的两个儿女跟医院商量，希望向老张隐瞒病情，医院只能尊重病人家属的选择。

有一天，我去放射科看他，他悄悄跟我说：你看，那些人得的都是癌症，身上脸上画着红线线。过了两天，他身上也画上了红线线，我却未从他眼中看出一丝慌乱。儿子安慰他说，那是为了检查部位画的，不是每一个画红线的都是癌症。

住院五十多天，最好的药、最先进的治疗手段都用上了，但基本没有效果，老张又出现了呼吸困难。他说想回故乡，儿子便送他回到故乡。在最后的日子里，这个身高一米七二、体重一百五十多斤的汉子，渐渐变成了床上佝偻的一团，剩下不到七十多斤，奄奄一息。肺癌晚期已经使他黄疸、腹水、呼吸困难，多脏器功能进一步衰竭，他的生命如狂风中的烛火，随时会熄灭。

在老张最后的那一两天，我去他家看望过他一次。他说从身上被医生画线线的那一天起，就知道自己得的是癌症，既然是在胸前画的，肯定是肺癌。他还在治疗单上看到“Ca”字样，虽然他不知道那是啥病，但其他画线病人治疗单上也有“Ca”，他确信自己是癌症无疑。只不过，他知道孩子们在骗他，所以他也骗孩子们。

老张说：我这一辈子都在碰瓷演戏，这是我最后一出了。他笑得惨然。

老张的最后一天，是中秋节。他对老婆说：我们一家包饺子吧。于是一家四口围坐在炕前包饺子，有说有笑。窗外明月初升，按照习俗，要“诱月明”，就是把饺子、月饼、瓜果放到院子里，让嫦娥看到人间团圆。儿女和老婆把桌子抬到院子，再进屋的时候，发现老张已经靠在墙上过世，虽然身子依然佝偻，但面目淡然，无痛无苦。

我们普通人唯一能够确定的事情，或许就只有死亡了吧。中国人对死亡一直讳莫如深，但是又有谁能得到永生？我们应家属的要求，在向病人隐瞒病情时，又怎么确定他们不是在配合病人演戏呢？我觉得他们内心更多的是恐惧、惊疑和伤感。

不知死，焉知生？只有直面死亡，他们才能够知道生的可贵，才能知道生的意义，才能够不浪费任何一天。

蚕豆也能要人命

张丽四十岁才有第一个孩子，对于未婚妈妈来说，这个孩子来之不易。因为未婚，一开始她是不想要的，便找到妇科的刘主任要做人流。刘主任说：你这都四十岁了，还有过两次流产史。你知道不，这有可能是你最后一个孩子了。人流你想找谁做找谁做去，这种伤天害理的事儿我不做。

张丽说：可是我还没结婚，男朋友也没有结婚的打算。刘主任说：那你觉得结婚重要，还是孩子重要？

就这样，这个孩子保住了。张丽的生产过程很顺利，母子平安，同一房间的产妇看着那个会浅笑的男孩，都说像她。

孩子出生没几天，有些黄疸，母子便转到了儿科。第四天，不知道怎么回事，孩子突然开始寒战、发热、头痛、呕吐。经血检，血红蛋白下降，游离血红蛋白、胆红素增高，尿检发现血红蛋白尿、尿胆原排出增多，粪便检查发现粪胆原排出增多。各种指征都指向一种病——溶血性贫血。

溶血性贫血，是由于红细胞破坏速度超过骨髓造血能力发生的贫血。一般情况骨髓有六到八倍的造血代偿潜力。如红细胞破坏速率在骨髓的代偿范围内，则虽有溶血，但不出现贫血，称为溶血性疾患，或溶血性状态。正常红细胞的寿命约一百二十天，只有在红细胞的寿命缩短至十五到二十天时才会发生贫血。

问题是，为什么会得溶血性贫血？这种病有可能由药物诱发，但孩子只做蓝光照射去黄疸，没有用任何药物。冷凝集综合征？孩子保暖没有问题。感染？血检未见血象升高，可见也没有感染。输血反应？更不可能，出生四天的孩子，没有输血史。

那就先停止蓝光照射，孩子没有任何改善；加强保暖，孩子没有任何改善；使用抗生素，孩子依然没有任何改善。

主任突然想到，有可能是葡萄糖-6-磷酸脱氢酶（G6PD）缺乏症，也就是俗称的“蚕豆病”，一种遗传性疾病，患者食用蚕豆、蚕豆制品后引起的溶血性贫血。可是刚出生的孩子怎么可能吃蚕豆？但蚕豆病有一个显著特点，基本是传男不传女，恰巧这是个男孩。询问张丽后，张丽表示，她自己对蚕豆并不过敏，生孩子后，也没有吃过蚕豆，只是每天喝点鸡汤、猪蹄汤什么的。

两天后，孩子出现巩膜轻度黄染，尿液色如浓红茶，脉搏开始转弱而速，血压开始下降。儿科主任知道，再找不到病因，这孩子会进一步肾衰和全身脏器衰竭，那会儿就真没救了。

就在那天中午，主任见到了张丽的母亲，一位六十多岁的老人，头发花白，面目慈祥，手里提着一个餐盒。她央求主任一定要救救孩子，张丽四十岁才有了这孩子，她六十多岁才当上姥姥，这孩子是她和张丽的唯一希望。

主任只能说尽力，但找不到病因，尽力都不知道朝哪个方向尽力。张丽母亲放下了餐盒，说这是她熬的猪蹄汤，特补，主任辛苦了，给主任补补身体。

主任顺手把餐盒给了学生，学生一边喝汤，一边说真好喝，是这辈子喝过最好喝的猪蹄汤。就在猪蹄汤见底的时候，主任突然瞥到餐盒底下沉积了绿色的渣滓，便问张丽母亲，这是猪蹄和什么炖的？

张丽母亲说，蚕豆猪蹄汤，新鲜的蚕豆，特养人。

主任拿起餐盒径直走到病房，严肃地说：你不是说没吃蚕豆？这是啥？

原来，为了下奶水，张丽母亲每天给她炖蚕豆猪蹄汤，为了方便张丽消化，还把蚕豆都捞取出来，只给她拿汤，张丽只以为是猪蹄汤，却不知道是用蚕豆炖的。蚕豆里的成分会通过母乳传播。

在一系列治疗后，孩子顺利康复，没有任何后遗症，不过他这一生，不能吃任何蚕豆制品，甚至很多药物都不能用，比如抗疟疾药。

两年后，我再次见到这对母子，依然只有两人相依为命。我问她有没有后悔生这个小家伙。张丽笑着说：老公算啥？孩子才是唯一。小家伙在广场上敏捷地跑着、跳着，还一边跑一边笑。他不知道，当年的一点蚕豆，差点让他离开这个世界。

苍天饶过谁

前两天朋友给我打电话，说老张过世了，他们刚参加完葬礼。我心想，这哥们终于解脱了，不知道最后的两年时间里，他是用什么样的心情面对前妻的。

老张不老，去世时也只有五十二岁，朋友介绍过来看病，我接待过一次，后来经常来复查，慢慢就熟识了。

老张是某国企的领导，沁水人，出身贫寒，据说小时候的房子是二层住人、一层养猪的那种。但老张从小学习好，是九十年代的大学生，毕业后分配到了国企，属于典型的凤凰男。他异常珍惜工作的机会，勤奋、和气，超级受领导待见，办公室职员、团委负责人、部门主任、公司副总，基本是一路上升的节奏。

自从当上部门主任，老张就对妻子有了意见。他妻子出身普通家庭，但条件要比老张好很多。老张当时是采供部主任，大权在握，每天被许多人簇拥着，一来二去就和一个女供应商纠缠在了一起。

刚开始他还偷偷摸摸，逐渐肆无忌惮，完全不顾及妻子的感受。妻子慢慢也就认命了，每天吃斋念佛，不再管老张在外面如何鬼混，每个月把养家的钱拿回来就行。即使这样，老张都不满意，鬼迷心窍一样，一心要和妻子离婚。妻子到单位找了老张的领导几次，单位领导也没少跟老张谈话，告诫说，要想进步，肯定得先处理好家庭的问题，哪个领导敢用你这种刚提拔起来就抛弃原配的人？最后，老张也就没敢再提离婚这事儿。

四十九岁那年，老张差点就被提拔成老总，但因为其他事儿功亏一篑，从此对仕途心灰意懒，就铁了心要和原配离婚，追求自己的幸福。那时孩子也已长大成人，妻子无奈同意了。

离婚后，他跟那个女人租了套房子，想着过段时间就买房，但是不到三个月，老张发现自己的视力突然急剧下降了。以为是老花，配了老花镜也不管用，做了个核磁共振，发现是脑袋里有了胶质瘤。胶质瘤是一种脑部恶性肿瘤，发展极快，我们医院经常有患者这边刚做完手术，人还没出院，就发现又长出一坨。

老张来我们医院做了手术。孩子根本不愿意照顾他；那女人自他住院以后，只来看过他一次，扔下三千块钱，就再未出现。最后他自己雇了两个护工，前后帮忙照顾。

手术后完总得回家，他这么一个重症病人，回租的房子总是觉得心里不是滋味，就央求女儿让自己回她家。女儿不允。又和前妻商量复婚，前妻说想都别想。而那个曾经你侬我侬的女人，根本不接他电话。最后前妻看他实在可怜，说你要不回家吧，婚是不和你复，但你能回家住。

我说这女人真善良，老张这样对他，她都接受。朋友说，哪有这么简单，老张前妻也是个狠人，老张回家没多久，人家就找了个男的，还结了婚。老张每天跟前妻和前妻的现任丈夫在一起生活，让他独自出去生活，他又没有勇气，只能夹在两人中间，快要膨胀成一只灯泡了。

生死之外，均是小事

你肯定特看不起我。

这是拴义跟我说过的最悲伤的一句话。这种悲伤的情绪和他的外形很相符，身高一米六五，头发稀少，椎管内占位手术后，一直拖拉着一条腿，眼神闪烁，话语无力。

初见拴义，他并不是这样。那是两年前，我下乡扶贫与他相识，他个子不高但身形不错，一个人种着一百多亩地，还兼着乡里的快递员，一年能收入十万左右。家里三个孩子，媳妇加上老母，生活过得很不错。

有一天，他给我打电话，说最近总感觉一条腿无力，想来我们医院看病。我说没问题，当即帮他在网上约了骨科的专家号。专家诊断后跟我说：找神经外科医生吧，我觉得像神外的病，可能还不太好。后来又转到神经外科，我问医生是什么病，他说看着像椎管内占位，性质还不知道。

我们医院的神经外科是全省最好的，经过一系列检查，拴义确诊原发性椎管硬脊膜内肿瘤，并且瘤子还不小，必须做手术。椎管内肿瘤患者中约四分之三的病例可以手术切除治愈，即使不能完整切除肿瘤，也可部分或大块切除，以减轻或缓解肿瘤对脊髓的压迫和损害。很不幸，拴义的肿瘤就是不能完整切除的那种。

手术很顺利，拴义的腰杆又挺直了。但是医生说，那个瘤子太靠近神经，不敢切太多，现在看着好，三年内还会复发。

拴义的媳妇叫逢春，长得很好看，是早年从四川那边买来的。尽管是买来的，然而两人关系很好。以前，拴义是绝对不让逢春干农活，现在拴义得了病，逢春承担起了家庭重担。

村里还有个老光棍叫马六，人也算老实善良。两家人种的地紧挨着，由于拴义已经完全不能干农活，马六就经常帮忙，一来二去，逢春和马六两人好上了。这个村子不大，很快，全村皆知。拴义睁一只眼闭一只眼，有时村里人甚至会在他面前提起这事，他也只是嘿嘿一笑，默默走开。

一年秋收，我在拴义家院子里看到夫妻二人和马六忙着剥玉米，三人有说有笑，其乐融融。冬天的一个晚上，七点多，风雪交加，夜已全黑，村里只有两盏路灯还亮着。我从农户家回村委会，看到前面有个瘦弱的身影拖着一条腿在走路，一看便知道是拴义。走着走着，一只鞋从脚上掉了下来，但拴义并没有发现，还拖着残腿在走。我从后面跑过来，一把搂住他肩膀，说：鞋掉了都不知道？

拴义没有搭我的话，扭过头看着我说：你肯定特看不起我。我说：怎么会？他叹口气说：我也是没办法。我女人和马六的事儿，我也是没办法。你看我现在，手术完不到两年，就又复发了，鞋掉了都不知道，说不定哪天就瘫床上了，也说不定哪天就死了。我还能有啥办法？我还有三个孩子，还有八十岁老母亲，我能有啥办法？孩子们学习都好，我还指望等我死了，马六能帮我照顾老母和孩子。

风雪很大，噎得拴义话不成句。他说这些的时候，目光平静，只是眼泪一直不断地流淌。

在严峻的生存压力之下，除了生死，其他事情似乎都成了小事，完全微不足道。

蹊跷的急诊病人

世界上最见人性的地方，我觉得莫过于监狱和急诊科。急诊科每天收治的病人，医生们经历的事情，天天都有传奇，编剧绞尽脑汁都编不来的那种。

有一天，半夜三点多，急诊科翟医生收治了一名男性病人，三十五岁，进来的时候呼吸困难，有意识障碍。刚开始医生怀疑是中毒症状，血检发现除了血氧饱和度较低，没有其他中毒迹象。经询问家属，病人最近没有接触任何有毒物质。通过心电图发现患者非特异性ST-T改变，胸片显示主动脉增宽，怀疑是主动脉夹层。但还没来得及做心脏造影确诊，又来了一例昏迷、抽搐的病人，也是男性，六十二岁。紧接着，来了俩孩子，强烈呕吐伴剧烈腹痛。

那天晚上就翟主任一名内科医生，不到一个小时，接连收到四个重病人，当时都快急疯掉了。第一个病人呼吸困难，医生给了简单的吸氧，没想到病人情况极大缓解，完全不像主动脉夹层的病人。主动脉夹层，吸氧确实可以缓解，但效果不会有这么好。

第二个病人，家属说因为想不开，吃了用磷化锌配置的老鼠药，出现了昏迷、抽搐的症状。这种病因明确的病人相对好治疗，洗胃外加20%甘露醇快速静脉注射之后，症状也大大减缓。

但那俩孩子情况却不容乐观，他们是一对兄妹，一个九岁，一个七岁，晚上两人吃了差不多两斤樱桃。樱桃核内含有氰甙，氰甙本身无毒，但当樱桃核被咬碎时，自带的水解酶可水解氰甙，生成有毒的氢氰酸。但是，氢氰酸导致人的中毒剂量大约是每公斤体重两毫克，每公斤樱桃内的氰甙只能转化成几十微克氢氰酸，要导致俩孩子这么严重的症状，估计得嚼百十斤樱桃核。所以樱桃中毒，基本不考虑。那么有没有可能是其他食物中毒？

正当翟主任一筹莫展的时候，发现这四个病人的家属居然在一起扎堆聊天、互相安慰。翟主任就顺便问了一句：你们认识？病人的家属说：我们是邻居呀。

莫名其妙四个邻居都来急诊？其中一个磷化锌中毒，两个食物中毒，另外一个原因未明，这里面有啥蹊跷？翟主任也拿不准。那就给孩子也吸氧试试？戴上氧气罩没多久，两个孩子症状略微减轻了一点。翟主任心中一片雪亮，果断选择了报警。

到了上午九点，两个成年病人的病情已经完全控制住。但俩孩子经历了气管插管、血液净化等治疗，病情却进一步加剧，分别于上午十点和下午两点离世。

同时，警方也查清楚了原因。这两个成年病人，其实是父子俩。他们开着一个非法食品加工窝点，用磷化氢熏蒸食物。当天出现症状后，为了不让医院起疑心，就先后送来医院，并且谎称父亲是自服磷化锌。但他们不知道，他们的厂房紧邻两个孩子的卧室，放在厂房的磷化氢由于连天阴雨发生了潮解，使两个孩子也中毒，尽管最后对症治疗，却终究回天乏术。

最后，据说这两个孩子的父母还想和这对父子私了。可惜了孩子，死得这么冤屈，父母却想私了了事。但这种刑事案件，怎么可能让他们私了？

君生我未生

对于爱情，我一直持有怀疑的态度，尤其在医院工作久了，看多了亲人之间的见死不救，看多了说好相濡以沫最后又不舍得花钱救命，更觉得爱情过于虚无缥缈。

那天早晨，我刚走进急诊科，护士小姐姐就叫住我问：今天是不是你总值班？里面有个患者家属正闹腾呢，要不你先帮忙安抚一下？

患者是个四十岁左右的男人，躺在抢救室的床上一动不动，面色苍白，嘴里像螃蟹一样吐着泡泡。病床旁坐着十几岁的女儿，看着爸爸不知所措。患者的妻子正在跟医生争执，她也大约四十岁，穿着一条碎花裙子，脸色蜡黄。医生对她说，患者脑室出血大约四十毫升，属于出血量较大的，应该及时手术，至少应该先开颅，释放大脑压力。患者妻子问后遗症是什么。医生告诉她，现在就不要考虑后遗症了，救命要紧。后遗症的话，要么半瘫，要么全瘫，再耽误下去，很有可能变成植物人。

很多人以为医生不懂人情，其实医生尤其是急诊科医生，每天见多了生离死别，家属的心思和伎俩，基本三五句话之后，在心里就有个数了。这个妻子其实并不关心丈夫的死活，只是关心手术会花多少钱，术后会不会成为她的累赘。

果不其然，她问医生手术大概得多少，医生说如果顺利的话，三万以内，可以用医保，自己差不多负担一万五，即便开颅后情况比较严重，五万以内也够了。妻子问：那你能保证手术效果不？医生说：手术效果谁也保证不了，我们不是神仙，我们只能尽力。妻子说：花那么多钱，保证不了手术效果，那我不敢签字。由此我算是听明白了，这妻子不是怕花钱，也不是怕成为负担，这根本就是想要丈夫的命。

我正在踌躇如何劝说妻子时，一阵哭声从急诊大厅传来，一个绝不超过二十五岁的女孩跑进了抢救室，趴在患者身上大声地痛哭起来。原本昏迷的患者，似乎听到了女孩的哭声，渐渐睁开眼睛，尽管口中仍不自觉地吐着泡泡，但眼睛里有了那么一丝生机。

患者妻子看着女孩，面色更加难看。她跟医生说：我们没钱，手术不做了，你给开出院证吧，责任我来担。那个年轻女孩突然说：做手术，钱我出。妻子火了，对着女孩吼道：你算什么东西？你是他什么人？

我看患者妻子的工作基本不可能做通，就上报二线，给驻院民警也打了电话，并且把这女孩叫去谈话室。我问她是怎么回事。女孩说：哥，这事儿挺复杂，十万够不够？随后从包里拿出一厚沓钱。她说：我不方便出面，这钱你帮我交到住院费里，不够你再告我就行，我想办法凑，手术是一定要手术的。

根据规定，像这种家属不愿意手术，而医生又觉得有手术必要的，我们请示二线，由总值班签字，医生就可以上手术。最终，妻子也没同意手术，不得已我们只能走这套程序，妻子带着女儿头也不回地离开了医院。

后来，神经外科的护士说，患者手术效果良好，第三天就已经完全苏醒，这几天一直是那个女孩在照顾着。说到这里她神秘起来，你知道她俩啥关系？不正当男女关系！患者比女孩大十四岁。女孩曾经有过一场短暂的婚姻，患者工作中认识女孩儿后，对她照顾有加。女孩儿也是真心喜欢这大叔，倒不是因为他有钱，大叔也就是普通的公务员，反而是这女孩儿做点小生意，经济条件更好一些，完全是因为她能感觉到大叔对她的爱。妻子知道后，管又管不住，离又不想离，直到这次脑出血。

周五，患者顺利出院，妻子没来，女孩儿用轮椅推着患者，脚步轻盈。那个护士小姐姐说，她终于知道了古诗里说的“君生我未生，我生君已老”是种什么感觉了。

老严妈妈

老严某天早晨给我打电话，说是有点晕，天旋地转那种，起床晕，躺下晕，看到光也晕。因为常年做医学科普，我多少也算个赤脚医生，一听这表征，就知道十之八九是耳石症。我说：阿姨你躺着，也不用太担心，我一会儿去接你。

我内心是一直把老严当妈妈一样看待的。她是我闺密小严的母亲，年近六旬，慈眉善目，身材是典型的中年肥。

我和小严是“豆友”，年轻那会儿玩豆瓣认识的，都喜欢美术和电影，关系特别好，可以说亲如兄妹。第一次见老严，是她来我们医院看病，头晕。医生检查后说轻微脑震荡，不要紧，休息休息就好。我当时还纳闷，莫名其妙为什么会脑震荡？直到有一天和小严一起吃饭，她给我讲了老严的前半生，我才知道，每个事业女性的背后，都有一段血泪史。

老严嫁给小严爸爸时，二十八岁，那会儿小严爸爸是太钢一个车间的副主任，老严是三纺的女工。结婚没几年，小严就出生了，一家三口，幸福美满，生活似乎一片向好。

后来，小严的爷爷奶奶相继脑梗，瘫痪在床。小严爸爸是个大孝子，没和妻子商量，就辞去了工作，专职在家照顾两位老人，老严一人扛起了养家的重担。

在九十年代的那场下岗潮中，老严也光荣下岗，一个月领着三百块钱的补助，生活难以为继，就去某个单位当保洁员。老严工作认真，其他人打扫卫生基本是随便应付，老严则当成自己家来打扫。看她做事如此靠谱，性格又好，负责人就把单位的印刷业务分包给老严，也算是帮她一把。没想到只有初中学历的老严，自学了设计、印刷等技能，把业务搞得有声有色。

小严爸爸这时候心里开始有点不平衡了，总觉得老严每天在外面遇到的都是有头有脸的人物，会小看他。除了照顾两位老人，小严爸爸隔三差五就在外面喝酒，喝多了回来就开始打老严，第二天酒醒了，就跪下道歉，痛哭流涕地悔过。为了孩子，老严忍受至今。我曾去过老严家，见过小严的爸爸，那是个白皮净面的中年男人，还戴着一副眼镜，很难和家暴联系起来。

来了医院，医生详细询问情况，老严不好意思地说是丈夫前一天推了一下她的头，但我相信，肯定不是推了一下这么简单。因为有外力作用，医生让做了个核磁共振，排除了硬膜下血肿或者其他疾病，判断可能是因外力造成耳石脱离原来位置，滚到半规管中。做了简单的耳石复位，老严头晕症状减轻明显，但依然怕光，一到阳光下，就开始流泪。

小严又给我打电话，说回家的当天，老严收拾好所有行李搬到了她家，她爸爸打电话让老严滚回去，第二天爸爸收到了法院发出的“家暴人身保护令”和相应的律师函。这次，父亲慌了，又痛哭流涕地上门劝老严回家。

我说：你得让咱妈长点记性，这不是第一次，也不会是最后一次。小严不知说什么好。又聊到结婚的话题，我问小严：你啥时候结婚？她不知所措地说：我不敢结。

老夫少妻

老刘是我发小，做木材生意的。虽然叫老刘，其实才四十岁出头。他永远都是西装衬衣领带的装束，是我见过的现实生活中唯一用袖扣的男人。

老刘是贵州人，少时跟着父亲来太原，他父亲在我们矿上做废品回收。八十年代，做废品回收的几乎都是黑白两道通吃，所以家中颇有积蓄。老刘比我长六岁，那个年代的少年都慕侠义，他早早就辍学，去河南的武校学习武术，功夫具体如何不知道，但劈腿、翻跟头这些都没问题。毕业后学校将他分配到浙江温州，给一个老板当保镖，渐渐地，跟着老板入了木材的行当，从非洲和俄罗斯进口木材内销，生意做得有声有色。老刘结婚比较晚，我在儿子已经六岁的时候才收到他的喜帖，他娶了一个九八年的女孩，叫叶子，肤白貌美。

那天老刘给我打电话，说最近胃不舒服，吃完饭总感觉顶得慌。我说不行就来我们医院做个胃镜吧，也不一定有什么问题，长期在外面应酬，检查一下才放心。我帮他约了胃镜，进胃镜室前，我跟医生说这是我大哥，有啥情况先告我一声。刚回到办公室，医生就给我打电话说：你大哥情况可能不太好，应该是个晚期的胃癌，我们先做病检，确定一下性质。

我去病房看老刘时，他平躺着，头部深陷在枕头里，盖着一块雪白的被子，更显得皮肤黝黑。妻子怀着两个多月的身孕，正躺在旁边床上抱着手机咯咯笑。老刘听到开门的声音，睁开了眼睛，看到是我，就提议到楼下抽根烟。到了楼下，他问我是不是情况不太好。我说取了病检，等做完病检才知道。他说：你跟我实话实说。我只能说：你做最坏的打算吧。

胃切除手术安排在三天后，需要切除胃的三分之二，但他告诉妻子，只是一个简单的小手术，所以手术时妻子都没来医院，父母也没来，他姐姐给他签的字。

手术后，老刘养了不到半年，有天突然给我打电话说正在来医院路上。我问他怎么了，他说早晨起来大口咯血。来医院后，拍了个CT，癌细胞已经转移到了肺上，我问医生这种情况怎么办。胸外、呼吸、放疗的主任说，没办法了，尽人事、听天命。

我再去看老刘时，妻子在他的病床上躺着，闺密也来陪着。老刘坐在板凳上，精神状态明显不太好。妻子已经怀孕八个多月，随时有可能临产，他不放心妻子一个人在家，所以来医院也带上。妻子跟她的闺密说：你摸，你摸，我让他踢你一脚。之后将闺密的手放在自己肚子上，银铃般的笑声响起。老刘侧着头对我小声说：我不担心我自己，我是怕她接受不了，你帮我瞒着点。

一个月后，老刘大出血，即使护士就在他旁边也无能为力，他的血从嘴、鼻子、眼角喷射而出。我作为他临时家属的角色被叫到病房。医生说：放弃吧，一定是肺主动脉破裂，没得救了。我们尽量让他保持呼吸畅通，别被自己的血憋死，不那么痛苦就行了。

我不敢做这种决定，赶紧给老刘的姐姐打电话，他姐说她就在产科，叶子刚进产房。等姐姐来到内科楼时，老刘已经不咯血了——该咯的都咯尽了。他喘着粗气问姐姐叶子生了没。其实那会儿还没生。他姐说：已经生了，你不是想要个女孩吗？就是个女孩。老刘说：那抱过来我看看。

他姐在去产房的路上，老刘停止了呼吸。

三个月后，叶子来找我开医学证明，证明上写着孩子是AB型血。我问叶子：你是A型血？叶子说：不呀，我是B型。我清楚地记得，老刘也是B型血。

“甜蜜双黄蛋”

我刚参加工作时，王晓怀孕，来我们医院做B超，显示是双活胎。

王晓是我的表姐，三十六岁才结婚，而且是奉子逼婚。据说，当时姐夫死活都不愿意结，让表姐做人工流产。表姐说：不管结不结，我肯定要生下这孩子，你不养我养。随后，用一张B超单让姐夫就范。从此，姐夫逢人便用浓重的太原话说，双黄蛋，双黄蛋……

怀孕八个多月时，表姐在我们医院做了剖宫产。当时我还去看了孩子，满屋子温馨，我也为这个大龄姐姐和不着调的姐夫感到高兴。这双黄蛋诞下的两个男孩，一个起名叫“糖馨”，一个起名叫“糖豆”，熟睡在保温箱里。两天后，表姐打电话，说糖豆有点不舒服，已经转到儿科病房了。

表姐说，糖豆刚开始只是没精神，从第二天起，动不动就哭，并且喂不了奶，转到新生儿病房观察。第三天，糖豆开始出现拒食、嗜睡、呼吸暂停、惊厥发作等状况，是典型的脑炎症状，也是新生儿最常见的疾病之一。医生按脑炎来治疗，却基本没有效果。到了第七天，糖豆出现了“击剑”类动作。

儿科主任来产科询问病史，表姐和姐夫没有任何家族病。儿科主任顺嘴问了一句，为啥给俩孩儿取名叫糖馨、糖豆。照理说俩男孩儿，取这样的名字也太可爱了点。表姐说俩孩儿生下来后，总觉得他们身上有种淡淡的香甜味道，所以才有了这两个名字。

主任抱起糖馨，闻了闻，没感觉有什么特别。会不会是父母自己的幻觉？姐夫在旁边说，有糖味的，糖馨身上不明显，糖豆明显。主任回到新生儿科，抱着糖豆闻了又闻，没有什么香甜味呀，又凑在糖豆耳朵边闻了闻，才闻出一丝香甜。

主任让护士拿糖豆的尿样过来。护士拿过来后，淡淡的糖浆香味从尿样中飘出。

是枫糖尿病。儿科主任觉得可以确诊了。

枫糖尿病是一种常染色体隐性遗传的代谢病，因患儿尿液中的支链酮酸衍生物具有香甜的枫糖气味而得名，属于罕见的疾病，中国发病率为十四万分之一，大多数患儿都在发病几天后死亡。

糖豆最终没有抢救过来，死于呼吸衰竭。姐夫抱着糖豆比成人巴掌大不了多少的尸体欲哭无泪。他坐在儿科的病房走廊里，两眼空洞地望着惨白的日光灯，一句话不说。按照他们当地的风俗，早夭的孩子不能入祖坟，他独自抱着糖豆回到村里，把他葬在一棵树下。

回了太原，他像往常一样照顾表姐，什么都没说，表姐也什么都没问，就好像糖豆从没有来过这个世界。

因为枫糖尿病属于遗传性疾病，医生对糖馨也进行了筛查，一个星期后，筛查结果出来，糖馨属于间歇性枫糖尿病，平时跟正常孩子一样，但有可能在感染和手术等情况下发作，极少数严重者可引发死亡。

不幸的事情发生了。2018年，糖馨得了一场感冒，引发枫糖尿病发作，最后死于酮症酸中毒。姐夫对我说：你相信报应不？我以前太乱了，注定我没有孩子，这就是我的报应。

后来，我听亲戚说，姐夫有一天不告而别，所有人都不知道他去了哪里。表姐也辞去了工作，每天除了睡觉就是打扫房间，把家里打扫得一尘不染，之后就去学校“接”孩子。回来途中，母子三人“有说有笑”。

儿时的小伙伴

一天早上接到了一个莫名其妙的电话，对方操着一口标准的太原话叫着我的小名。我问是谁，他说是猫虎。我非常意外，我们已经二十余年未见了。

猫虎给我打电话，事情很简单，他爸爸尿微量白蛋白771 mg/L，而正常应该在22.6 mg/L以内，ALB/CR值是507，正常值应该在30以内，是糖尿病肾病无疑。他一时心慌意乱，想起了我。

周五上午，猫虎带着父亲来医院。记忆中瘦小的他如今身材依然瘦削，但肚子相当突出，年近四旬却还是精神小伙的模样，一条紧身裤，外套里面是一件紧身T恤，踩着锃亮的小皮鞋，脚脖子露在外面，笑起来让人想到当年。

小时候，我有两个小伙伴，一个是猫虎，一个是红红，身世都挺可怜。猫虎住在我家隔壁，他的父母很早离异，跟着奶奶住。红红的爸爸是警察，妈妈在我们煤矿上班。她六岁那年，爸爸喝醉酒后用退了弹夹的配枪吓唬妈妈，没想到枪膛里有一颗之前上膛的子弹，悲剧发生，红红也成了无父无母的可怜孩子。暑假，我们三人会在红红家楼前骑一辆红色的小三轮车玩耍，阳光从树缝间穿过；寒假，我们会在我家的炉火上焙上几颗核桃、红枣，闻着淡淡的香气，看火塘里炉火通红。时至今日，我都觉得这些事情美妙至极。

后来，我们都上了小学、初中，因为父母抓我学习紧一些，渐渐和他们疏远。再后来，上到初三，他俩双双辍学，猫虎去了夜店给人看场，红红去了酒吧上班。高中时候，听说他俩都找了对象，后来就完全失去了联系。

再后来，是从父母那里听到他们的消息：猫虎因为涉黑并且致人死亡，刚满十八岁那年被判了刑，不久前才出狱；红红成了别人的情妇。对于他们后来的遭遇，我并不感到意外，但又十分惋惜，小时候像流浪猫一样可怜的猫虎，十八岁却变成了一只吃人的老虎。而红红有那样的经历肯定也是非常无奈的。

我给肾内科医生打电话，她正在门诊，看了猫虎父亲的化验单，告诉猫虎，住院治疗吧。猫虎问：能不能治好？因为糖尿病肾病属于比较顽固的肾病，会随着血糖的变化经常有反复，医生便告诉他很容易复发。我觉得这是再正常不过的一句话，猫虎却说：那反复了不是又得住院？医生说：对呀，得了病住院治疗不是很正常？这么多年，因为了解他的性格，看着他眼神中升起了怨念，我赶紧将谈话打断。

对于介绍患者给医生、介绍医生给患者这种事，我一直是非常谨慎的。因为我在医院上班，一旦我介绍的患者有一例转化为医闹，我以后就别再想找人看病、咨询问题了，谁还敢再接我介绍的病人？我对猫虎说：要不你去其他医院再咨询咨询？得了病多看几个医院，多听几个医生的意见，总是不错的。

后来，我将他们送到门诊广场，目送着他们离开了医院。

第二天上午，猫虎又给我打电话，我看着屏幕上的“猫虎”两个字，想了想还是没有接。

我曾经有两个小伙伴，一个叫猫虎，一个叫红红。

美中年

有一天快下班的时候，同学给我打电话，说他的好友阿忆脑梗了，在救护车上正赶往我们医院。因为没有家属，让我看能不能帮忙招呼一下。我说等下了班去看一下。

等我见到阿忆时，他已经顺利转入了神经内科的重症病房。按照规定，我不能进病房，就隔着玻璃给阿忆打招呼。他向我笑了笑，嘴角有些歪斜，但这并不影响他那张整体俊俏的面庞。对于已经年近四旬的男人来说，阿忆是个另类，身材瘦高而健硕，面庞精致到可以让很多女孩子都汗颜的地步。

主管医生问我：这是你同学？我说：是的，您帮忙费心。医生意味深长地看了我一眼，我当时也没有多想。第二天，我见到了阿忆的妻子，一个瘦黑的女孩子。我怎么也无法想象，他俩会是两口子，一个明星一般耀眼，一个看起来尘土一样平凡。第三天，同学给我打电话，用歉意的口吻跟我说：有个事儿你得知道一下，阿忆是HIV阳性感染者。我当时就急了，问：你为什么不早说？我们医生知道不？她说：我也是刚刚知道，阿忆说入院的时候已经如实向医生说明了。

出于保护的目的，我赶紧给医生打电话，问这情况他知不知道。他说知道，患者来医院第一时间已经说明了。我问同学他老婆知不知道。同学说一直都知道。我又问她和阿忆怎么认识的。她说两人是高中同学，关系很好。

也是从同学口中，我了解到美中年阿忆的过去。

阿忆从小就是父母口中别人家的孩子，长得漂亮，热爱体育，关键是聪明。别人上课学，下课学，而阿忆仅仅是课堂上随便听听，就能保证年级前三，小学、初中、高中，一直如此。阿忆的父亲是工人，母亲开服装店，阿忆一直是他们口中的骄傲。

上初中时，阿忆发现了自己的与众不同。他不爱和男生玩，只喜欢往女生堆里扎，喜欢各种化妆品和色彩鲜艳的女孩子衣服，但没有多想，觉得自己可能只是有那么点与众不同。后来上了高中，他明确自己就是同性恋，而且周围很多人也知道了他是同性恋。从此，他不再是父母口中的骄傲，而成了他们难以启齿的“耻辱”。

阿忆的智商一流，本科、硕士轻松拿下，后来去了某个科研机构工作。父母给他下了最后的通牒：不管你是什么恋，喜欢男人还是女人，你只要给我们生一个孙子，其他我们什么都不管。再后来，阿忆就和现在的妻子结了婚，有了孩子。

阿忆其实是在酒店突发脑梗被人抬出来的，脑梗是HIV的并发症之一。前前后后，阿忆住了十几天医院，妻子交了住院费后，再未出现，其他时间都是他一帮高中、大学的同学们在帮忙前后照顾。阿忆的父母始终未见到，据说是在家带小孙子。

致命狂犬病

张兰不是典型的病例，所以翟医生最初没有往狂犬病的方面考虑，等他发现的时候，已经无可挽回。但每个专业的人都知道，即使发现及时，仍然改变不了最后的结果。

张兰是个很清秀的姑娘，吕梁人，在太原工作，和男朋友租房住。晚上十点多的时候，由于低烧，呼吸困难，由男朋友陪着来急诊。翟医生接的诊，在初步诊断接着呼吸科会诊后，判断是比较严重的肺炎，需要在呼吸科住院。每年冬春交替，上呼吸道疾病高发，对于一些身体虚弱的人来说，肺炎是很常见的病。

转入呼吸科后，按照规范进行抗生素治疗，但没有特别的疗效。不出两天，张兰突然出现了少尿症状，又过了一天，几乎没尿了。肾内科会诊后，考虑急性肾衰，而后又出现食欲不振、恶心、头痛等症状，随即转入了肾内科，按急性肾衰治疗，丝毫不见效果，紧接着下了病危通知。

一天早晨，肾内科周医生去查房，已经早晨八点多，发现病房窗帘还未拉开，就让护士顺手把窗帘拉开。张兰突然大叫：拉住，拉住！搞得周医生莫名其妙。男朋友在旁边解释，从昨天开始，张兰就不让开窗帘。周医生心头一紧，问张兰男朋友：家里有没有宠物？猫、狗、仓鼠等等都算。男朋友说，家里不养这些，但张兰特喜欢狗，每天都要给楼下的流浪狗喂火腿肠，每次下班感觉她就和女王一样，后面跟着一堆流浪狗。

周医生问张兰：最近有没有被狗咬伤过？张兰回答说没有。周医生将窗户打开让风吹进来，张兰也一切自如。周医生又问：最近有没有洗脸洗澡？男朋友说张兰爱干净，每天都要洗的。除了怕光，都不像典型的狂犬病，周医生觉得自己可能想多了，但保险起见，还是给张兰做了病毒分离、核酸测定和抗体检查。

第二天，三项结果都出来了，完全支持狂犬病。周医生将结果告诉了张兰和她男朋友，两人说不可能，并没有被狗咬伤过，确实每天都在喂养流浪狗，但确定没有被狗咬伤，怎么能得狂犬病？周医生还是坚持，尽管临床症状不典型，但几项检验结果都支持狂犬病，那就肯定是狂犬病了。周医生为张兰做了更加细致的检查，并没有在她身上发现任何的伤口。

又过了一天，张兰开始出现斜视、面瘫等症状，这就更加证明了周医生的判断，必然是狂犬病，并且已经进入麻痹期，最后会因为肾衰竭和消化道出血而死亡。

周医生问张兰男朋友，早就下了病危了，她父母为啥还不来？狂犬病基本上百分之百的死亡率，没得救了，现在已经进入麻痹期，也就是一半天的时间。

下午周医生查房，来到病房发现就张兰一人躺在病床上，她让护士给男朋友打电话，不接，再打，还不接。护士直接通知了警察，由警察来联系张兰父母。傍晚六点，张兰呼吸急促，各种抢救设备都用上，半个小时后还是死亡了。

张兰的父母来了以后，只提出三个问题。第一个，为什么不早点通知？周医生说：下病危的那一刻就通知了。第二个，为什么不能早诊断出狂犬病？周医生回答：她的症状完全不符合狂犬病，后来才有典型症状，我们不可能把几千项化验都做一遍。第三个，这件事怎么解决？周医生说：您要是有异议，可以走医调委，也可以走法院，我建议走法院，做尸检，这样我也能把这事儿弄个明白。

张兰父母说：我们不懂这些，你就说赔多少钱吧！周医生说：孩子还在停尸间躺着，你们见都不见，在这儿和我谈赔钱？你们还是人不？张兰父母说：我们不见，人已经没了，我们见她有什么用？

后来警察告诉周医生，就在张兰过世的那天下午，男朋友回家把所有值钱的东西都变卖，租的房也退了，人不知所踪。

张兰父母始终没有见自己女儿一面，闹腾了很久，医调委认为医院没有任何明显过错，所以也没有赔钱。张兰就跟没来过这个世上一样，通过民政局进行了火化。至于感染的原因，周医生说，还有一种极小概率，可能是流浪狗舔了张兰的鼻子，或者接触到她身上不明显的小伤口，通过黏膜或伤口传染。至于究竟是如何传染的，对于张兰来说，都不重要了。

不存在的孩子

老谢是我下乡时认识的一个哥们儿，年龄和我差不多，是当地政府的一名公务员。那会儿并不熟悉，只是因为工作上的原因有些接触。

我回医院后，有一天他给我打电话，说他老婆在当地医院看病，要转到省城的医院，问我哪个医院妇科好。我说来我们医院吧，我们的妇科还是挺不错的。

那天周二，是妇科主任门诊。给老谢老婆看完以后，我问主任啥情况。主任说：她现在的问题不是妇科，而是要先看精神卫生科。所谓的精神卫生科，其实就是治疗精神类疾病的科室。

老谢的爱人姓刘，比我们小三五岁。两人结婚后曾经有过一个女孩，刚生产完的时候，小刘有过短暂的产后抑郁，因为治疗及时，没有大的问题。孩子三岁时，小刘带孩子回村里住。中午母女俩在堂屋睡午觉，孩子醒来后，自己下炕到院子里玩，不小心掉进了化粪池。小刘醒后找不到孩子，最后还是家里的狗一直绕着厕所叫，人们才想到是不是掉到了化粪池里。等最后捞上来的时候，小孩已经气绝很久，浑身污秽，嘴巴大张着。老谢默默为孩子洗刷干净，将孩子所有的小衣服、小玩具收拾好，焚之一炬。自始至终，他没有苛责妻子一句。

很长一段时间里，小刘都无法走出痛失爱女的阴影。直到有一天，小刘欣喜地跟老谢说，已经五十多天没来例假了，这意味着他们有可能会有第二个孩子。在县医院做了个简单的血检，结果显示孕酮增高，是怀孕的表现，医生建议他们再做个B超确定一下。但这个孩子对夫妻二人来说太重要了，妻子说什么也不做B超，怕辐射会对孩子有影响。

他们就这样，一直倍加小心地呵护着这个子宫中的孩子。三个月过去，妻子腹部依旧平平，六个月过去，小腹仅有微微的隆起，八个月过去，还是几无变化。老谢坐不住了，要带妻子去做检查，小刘虽然有些不愿意，还是勉强去了医院。医生做完超声后跟夫妻二人说，没有看到孩子，但有一个瘤子，有毛发、牙齿，高度怀疑是畸胎瘤。妻子无论如何不愿意承认这个事实。她说：怎么可能不是孩子？我每天都跟他说话，他还在肚子里回话，还踢我，怎么可能是个瘤子？他有头发，有牙齿，你当医生这么多年，见过长头发和牙齿的瘤子？医生无奈，只能建议他们到太原来看。

妇科主任跟老谢说：B超已经显示得很清楚了，是畸胎瘤无疑。你老婆感觉到的胎动，都是她的心理作用。畸胎瘤是一种卵巢生殖细胞肿瘤，大部分是良性，少部分是恶性。你老婆这个大概率是良性，需要你做工作，及早治疗。拖得久的话，良性也有恶变可能。

老谢最终没有做通妻子的工作。小刘说：太原的医生也是庸医，我好不容易怀上这一个孩子，他们还想把他拿掉，我们要去北京保胎。

我目送着夫妻二人离开医院，妻子摸着肚子，十分开心。

后来我问老谢，在北京做手术了吗？老谢说，始终都没做，妻子不同意，住了院就和医生大闹，根本没办法做手术，在精神病院治疗了一段时间，也没什么效果。

我问下一步怎么弄，他说他也不知道，妻子还是每天“保胎”。

守望你一生

和小史认识很多年了，她是山西某个机关事业单位的干部，我的麻友。小史年纪轻轻便事业有成，是当年山西最年轻的正处级实职干部，从22岁参加工作到33岁任职正处，堪称步步高升。就在33岁那年，小史结了婚，我们说她是双喜临门，还专门给她庆贺一番。

34岁时，小史怀孕了。两年三件大事，人生之幸，莫过于此。怀孕后，小史经常性的恶心、呕吐，一开始以为是正常的妊娠反应，也没有在意。直到腹部出现了包块，用手按着有一块东西，也都没当回事儿，以为是腹中孩子顽皮。终于有一天，她开始便血，才觉得不正常，来医院就医。经过检查，粪便里面有隐血，又做了核磁、超声等检测，确定十二指肠附近存在一个肿瘤，又通过双气囊小肠镜检查，明确是小肠癌，病理检查是腺癌的一种。

其实小肠癌是发生率极低的一种癌症，一是因为小肠内不适宜肿瘤生长，二是因为肠液流动快，致癌物质很快会被冲刷掉，三是因为小肠内具有密集的淋巴组织，具备高免疫力，防止癌症发生。

病理结果出来后，小史并没有想象中慌张，我去看望她时，她瘦瘦小小的，唯有腹部隆起，已经有了将近7个月的身孕。她说她母亲就是在她18岁左右时因为肠癌去世，从发现到手术再到后面的放化疗，前后不到11个月的时间，那时她刚上大学，年纪轻轻就经历了生离死别。小史不吸烟不喝酒，基本可以确定她的小肠癌来自遗传。

如果强行剖宫产，孩子死亡概率极大，但癌细胞已经浸润了肠壁，已经是中晚期，拖上一个月以后再生产，后果谁也无法预料。最终，经过医院多学科会诊，建议进行剖宫产手术，医院会尽力保全小孩儿。小史征询了医生意见，医生认为肠癌遗传给下一代的概率虽然有，但是非常低。最终小史决定等孩子够了7个月再说，这样孩子成活率比较高。她和我说，这是她和爱人第一个孩子，应该也是最后一个，她不想就这样默默地来这个世界走一遭，就和没来过一样。她要给自己留个后，也给爱人留个后。

小史的爱人是个做工程生意的小老板，自从小史生病后，他将所有工作都交由手下人打理，有时候手下一些事情处理不了给他打电话，他会告诉大家维持就行，赔钱也行，不干也行，公司关门也行，他管不了那些破事儿了。

住院十几天里，小史的爱人从来没有人让其他人陪护过，一直是自己陪着小史。他动员小史先做手术，保命要紧，但小史不同意。小史说：我见过我妈得病的后期，做了手术，也化疗过，最后瘦得像一只蚂蚁了。我们唯一的孩子，我一定要生下来。

有天下班时，我看到她爱人提着一些生活用品在医院门口站着，失魂落魄，仿佛只剩一具躯壳。

最后，在小史的坚持下，孩子还是顺利生产了下来，是个男孩。由于是早产，孩子只有手掌般大小，在新生儿科住了一个月的保温箱才出来，所幸的是一切正常。

小史最终拒绝了手术，也拒绝了放化疗。她每天做的事情就是给孩子录视频，在每一个重要节日，比如孩子生日、中秋、春节，都会给孩子录一段视频。我们去她家看望她时，她正坐在一堆棉花中，旁边是一摞红色的缎面，正在给孩子做结婚用的被子。她说自己结婚时最大的遗憾就是没有盖上母亲给做的被子，不能将这种遗憾再留给孩子。

小史最后还是没有挺过第11个月，走的时候很安详。她给孩子准备的东西整整放满了一套房子：周岁时候的金锁，上学要用到的作业本、钢笔、水杯，初中要用到的衣服，高中要用到的球鞋，大学要用到的行李箱，结婚要用到的红包，孙子要用到的儿童用品……

钱和命哪个更重要

我曾经和朋友说，中国人普遍没有宗教信仰，那么对我们来说什么最重要？一是命，二是钱。如果不相信的话，就来急诊科看看好了。

大概每两个月，我要值三个总值班。总值班的时候，我就会看着人性发笑，但笑着笑着，又觉得没那么可笑，继而悲从中来。

有次总值班，晚上十一点多，急诊科打电话说从兴县转来一个病人，车祸外伤，硬膜下血肿，同时还有颅骨骨折。我说那就让神经外科医生按程序该检查就检查，该手术就手术，总值班又不具体治病，难道他是“三无”病人？“三无”病人一般是车祸伤者，需要总值班签字，启动车祸应急基金进行治疗。急诊医生说：也不是“三无”病人，但送患者来的人没钱，我让他去总值班找你吧？

来总值班的人，是一个五十岁左右的男人，黑红色条纹的衬衣扎在裤腰带里面，穿着一件摘了警徽的警用冬季外套，头发油腻，模样憨厚。一进门，男人突然跪在我面前，吓得我一个激灵。前辈曾经指点过我，越是遇到卑微的患者，越要多留十二个心眼儿。我赶紧把男人扶起来，说：有啥事儿你就说，能办的我肯定办，不能办的你跪下也没用呀。

男人是开大车的，在路上倒车的时候撞了一个二十多岁的小伙子，来医院后需要交付三万元押金。他说：我身上没那么多钱呀，我们车上都有保险，花多钱都不是问题，但没这么多现金。我想想确实没错，让谁立刻拿出三万的现金，都挺难的，于是对他说：那你有多少现金先交了，其余不够的我先签字，你随后补上，别耽误了伤者的救治。他说现在只能拿出六百元。他一说六百，我就觉得不对劲，哪个出来跑大车的身上只装六百元？连一箱油的钱都不够。我问：银行卡总有吧？他说银行卡消磁了。

我让他先回去等一下，我了解一下情况。正说着，神经外科医生进来，他没注意到男人，跟我说：小王，刚才那个硬膜下血肿的病人，别签字啊。男人站起来说：你这个大夫怎么这样，人家总值班签字花公家的钱和你有什么关系？我赶紧跟男人说：你先回去，随后我叫你。

医生跟我说，这个病人是从县医院转来的，他刚才给当地医院打电话了解情况，根本不是一般的交通肇事，是男人和儿子在外面跑大车，倒车的时候老子把儿子给撞伤了，担心保险公司不给理赔，所以才不交钱，并不是患者本身没钱。我问医生患者现在能不能做手术。他说目前需要完善前期检查，等消肿后才能手术，怎么也得两天以后才能取血肿。

我将男人叫过来，问他：被撞的人是不是你儿子？他矢口否认。我说：你要是不认，我可叫警察来调查了。男人一反刚来时的卑微，跳起来说：你们这是什么破医院？我们是不是父子，和你救人有啥关系？你们有啥资格调查？

我说：你骂人也没用，不正常交费肯定没办法治疗，我们现在只能维持最基本的治疗，躺床上的是你儿子，不是我儿子。他说：是我儿子，但你们不给治，出了事儿，就是你的责任。我说：那咱俩就看谁更担心吧！

男人离开后，我给那个县医院打了电话，要来男人所在村委会的联系方式，让村委会通知了男人的老婆。

第二天早晨，我还没起床，就听到急诊大厅里有人在吵架。随后去看看是什么情况，原来是男人的老婆从村里赶了过来，只看见男人在椅子上坐着，女人跳着脚骂着，一个耳光一个耳光地抽打他。过了半个小时，费用交齐了。

后来在急诊科又见过那个男人一次，他的眼神能杀死我一百遍。

春风得意马失蹄

刘畅三十二岁时才体会到了什么叫作“春风得意马蹄疾，一日看尽长安花”。大学毕业七年，从籍籍无名到升为副处主持单位工作，在这个三线城市来说，可谓少年得志。

可是就在公示上任一个月后，他突然在工作时出现意识障碍，紧接着昏迷，随后被120送到了我们医院。

刚送来的时候，经查体发现患者直肠肿物脱出不能回纳伴颜色发黑。接诊医生以为是普通痔疮引发的失血性贫血，就先予以输血治疗。但等血检化验单出来，医生一头雾水，完全看不懂：血红蛋白和红细胞完全正常，并不是失血性贫血。正当接诊医生一筹莫展的时候，患者家属拿来两包药，说前些天，总见刘畅用这个药治疗痔疮，会不会和这个药有关系。

难道是药物中毒？看着两张A4纸里包着的红白矿

物，医生赶紧拿起刘畅的手观察，发现手指根部有许多特别小的谷粒状角化隆起，这不就是传说中的砒疗？再将尿液样本送到职业卫生检测中心检测后发现，尿砷值452.99 μ mol/L，是参考值的几百倍。病因终于找到，三氧化二砷中毒。而这个三氧化二砷，就是我们所说的砒霜。

在经过二巯丙磺钠等特效解毒药治疗后，刘畅终于从昏迷中苏醒，解开了砒霜中毒之谜。三十二岁便作为副处级干部主持工作，农村出来的刘畅极为珍惜这个机会。这一段时间他经常犯痔疮，有一次在饭桌上，他跟一个同事说自己痔疮出血严重，医生建议赶紧手术，但自己刚主持工作不便请假，怕领导心生芥蒂。同事神秘地跟他说：我给你个秘方，比手术还管用。

之后，刘畅拿到了所谓秘方，是用A4纸包着的粉末，红红白白煞是好看，辨不清是什么药物。他也问过同事药物的成分，同事说是白矾和红花，这药要用水调和外敷使用。第一天外敷后，痔疮明显变小；第二天再次外敷，却发现下体有刺痛感，打电话问同事，同事说正常，让他继续使用；第三天再接再厉，下体已疼痛难忍。他准备处理完工作后便立刻去医院，却在单位昏迷了。

医生告诉刘畅红色粉末就是砒霜，经痔疮黏膜进入血液，因而引发中毒。在医生建议下，刘畅报了警。

公安人员的检测结果验证了医生的判断，红色为砒霜，白色为白矾。犯罪嫌疑人供述，他经常私自兜售所谓的秘方，因为刘畅是他的上司，他更想讨好对方，却没想到会发生中毒。

其实，这也不是什么秘方，中医里本来就有一方药物叫“枯痔散”，用于治疗痔疮。但枯痔散的使用非常讲究，不但要对症下药，还要有专门的解毒过程。随着医学的发展，古代那种科学依据不足的“枯痔散”早已被绝大多数人抛弃，只是这个哈巴狗一般的下属，为了获得领导的关照，把这个方子从垃圾堆中翻了出来，可是这个行为引发的后果，足以将他送进牢房。

同事罪有应得，但带给刘畅的却是无尽伤痛，虽然捡回一条命，但此次中毒引发了急性格林巴利综合征。这种侵犯颅神经的病症预后极差，任何一种东西从皮肤上划过，即使是棉花、柳絮、头发丝，病人都会疼痛难忍。这种病可能使人瘫痪，也可能引起心动过速、呼吸困难等，从而危及生命。

小荷妹妹

小荷妹妹是我前女友的妹妹，虽然有联系方式，因为身份原因，很多年都不联系了。前两天她突然给我打电话，带着哭腔问我在不在医院，要来办公室找我。

多年之后，曾经亭亭玉立的少女小荷已是一个满面烟火气息的中年小荷，身材略微有些臃肿，脸色蜡黄，头发枯槁。我问她怎么了，她扭捏了半天才说，最近下体有点不舒服，去太原一个医院检查，医生说是外阴白斑。她不理解外阴白斑是啥意思，医生告诉她，属于癌前的一种，极易癌变。当时她就蒙了，也不知道该向谁咨询，知道我在医院，就只能给我打电话。

我给她挂了一个妇科的号，医生检查后，第一句问她：生了孩子没？第二句问我：这是你啥人？我紧着解释，小荷就是我一朋友，仅此而已。小荷说还没生孩子。医生告诉她，先做个病检，怀疑外阴白斑，但不一定是，下次来的时候和丈夫一起来，有可能要和家属谈话。小荷问：我姐行不行？医生说只要是家属就行。

中午请小荷吃饭，她叫了她姐姐，我们三人其乐融融，就和当年一样。送她回家后，她姐姐给我讲了小荷这些年的经历。

小荷是在我结婚前一年结的婚，丈夫从部队退役，在当地做装修，两家门当户对，不至于大富大贵，但至少衣食无忧。这男的不抽烟不喝酒，没有任何不良嗜好，就是喜欢每天回家时在楼下买几注彩票。小荷也没觉得这是个啥事儿，就听之任之。

有那么一段时间，小荷发现丈夫很少给她家用，还经常找各种理由问她要钱。小荷一开始以为丈夫在外面有人了，就各种打听，一问才知道，是迷上了黑彩，迷到装修的活儿也不接了，天天就在地下彩票站打黑彩。

小荷很珍惜这个家，对丈夫说：别玩了，我们一年不少赚，攒钱干啥不行，哪怕你吃喝逍遥，唯独赌博这事儿，是个无底洞。丈夫说：我又不是赌博，我跟着正规彩票来买，只是黑彩概率、金额更高而已。无论如何劝说，丈夫就是不收手，小荷只能把钱控制起来。

谁知道丈夫在小荷睡着以后，用她的指纹解锁手机，从她信用卡里套了二十万，全部买了黑彩。小荷发现后，要跟他离婚，丈夫就各种拖。她姐姐跟她说：这事儿你得考虑清楚，现在是负债二十万，再这样下去，还不知道负债多少。

小荷决定及时止损，最终选择净身出户，唯一一套房子留给了丈夫。办理离婚手续后的第三天，小荷在房产中介的铺面看到了那套房子出售的信息。

小荷来到了太原，开始做房产销售，由于性格好，长得漂亮，人又聪明好学，在房地产效益好的时候，月月拿销冠，一半年就已将外债还清，还在太原买了房。由于这些年一直忙于工作，始终没有再婚。

一周以后，小荷病理结果出来了，不是外阴白斑，就是单纯的妇科炎症。跟她姐走的时候，小荷一点都看不出经历过许多风雨和孤独。后来，我收到了她一条短信：谢谢你，姐夫，要是我们一直都如当年多好。

当时我看不懂这段话，她也不该再叫我“姐夫”，直到两个月后，我才明白她话里的伤感——我的前女友也离婚了，据说同样是因为前夫参与赌博，还被公安机关抓了。

一个我父亲一样的男人

那天路过住院部，突然听到一个洪亮的声音，带着我老家特有的乡音，正在问办事员，这个章什么时候能盖？办事员是个中年女性，声音尖刻地说：跟你说了多少次了，你听不懂人话？领导不在，盖不了！

本来这事和我没有任何关系，但在转头看的那一刻我突然心生怜悯。那是一个六十岁左右的老者，身材瘦削高大，头发花白，皮肤黝黑，脸上的褶子一层一层，又说着一口我的家乡话，让我顿时想起了我的父亲。老者一直跟办事员纠缠，但最终还是说不下个结果。我看着那办事员态度实在恶劣，就将他叫到了旁边。

我问他什么情况，老者看到有人关注他，两行清泪顿时流了出来。他说他姓李，兴县人，妻子乳腺癌在我们医院住院，现在已经做完手术回了兴县，当地医保报销需要用一日住院清单并且加盖公章。我问他是兴县哪个村的，他说是红泥洼村。这个村我听父亲说过，是兴县最偏远的自然村之一，才五六户人家，坐落在一片红泥地上，地里除了能长点玉米小杂粮，啥都长不活。老者说，他早晨五点多起床，坐一个多小时的车去乡里，从乡里坐两个多小时到县里，又坐上班车四个多小时到太原，上午十二点多到太原，现在已经下午五点多了。今天办不完，就得住一晚上店，明天是啥情况都不知道。

具体业务我不是很懂，但整个医院的流程，我还是比较清楚的。我告诉他：你也别在这儿和她说了，说不下个啥。我们有纪检部门，你直接去纪检，能不能办，纪检会给你落实。

然后我去办了些事，刚回到办公楼，就听到一个浑厚的声音在楼道里喊着：我们老百姓办个事儿咋就这么难？我看到老者在纪检门口坐着，问他，不能办？他说不是不能办，是办公室没人。我给纪检主任打了个电话，主任说刚忙完其他工作，正往回走。主任回来后，跟住院部落实，对方说可以马上办理。那会儿已经五点五十左右。

我问纪检主任：他说的啥章？是不是必须部门负责人盖？纪检主任说：其实不是，那个章就是一日清单上盖一下而已，谁都可以盖，没有法律效力，就是证明一下而已。我问他：那为啥那个办事员不给盖？原来，由于口音，办事员一开始没听清老者讲了什么，后来两人起了点口角，她就专门为难老者。

我们专门开了办公会，对住院部那名办事员作出了处罚，扣除当月绩效和半年精神文明奖。这个处罚其实是相当重的，相当于减少了一个多月的收入。

过了差不多三个月，这件事我基本忘记了。有一天老者突然来办公室找我，说正好来太原办事情，就来看看我。我跟他说了那件事的处理结果，他局促地坐在椅子上，搓着两只手，说：你看，因为这么小个事儿，并且事情也办了，扣人家这么多钱，多过意不去。

以母之名

李宝宝尽管叫李宝宝，却是个中年大叔，因为是家中独子，所以父母给他取了这样的名字，即使已经四十出头，我们依然叫他“宝宝”。

李宝宝是我初中同学，在天然气公司上班，某天问我认识不认识“优高素”的厂家。我说你买那玩意干啥，就是个保健品而已。他说家里老二身材矮小，在省妇幼医院看了生长发育科，说在生长发育曲线的最下端，目前还不用打生长激素，但建议吃“优高素”。

李宝宝是我同学里为数不多的把一手好牌打烂的人，而之所以打烂，是因为他有一个强势的母亲，几乎他人生里所有的重大决策，他母亲都要插手。李宝宝非常聪明，高中是直升班上去的，这在当时厂矿中学来说，非常不容易，意味着能够顺利考入大学。后来他考上了太原理工大学，山西唯一的211大学，学工程机械。

在大学，由于长得乖巧，嘴巴又甜，深受英语老师的喜爱，而英语老师也是仅仅比我们大六岁的一个姐姐。两人相恋五年，大学毕业后，李宝宝带着英语老师回家见父母。对于这个比李宝宝大六岁的女朋友，母亲给予了最大的恶意，当着女孩儿的面，站到了阳台栏杆上，对李宝宝说：你敢和她在一起，我就跳下去。在母亲的逼迫下，两人不得不分手。

分手后，李宝宝去了深圳，将精力全部用在工作上。后来他发明了一种自动铺砖机，正在申请专利阶段，母亲不想让他远离自己，又逼迫他回了太原，最后专利也不了了之。几年后，我在电视上看到德国人发明的一种自动铺砖机，和他之前的发明几乎大同小异。回太原后，他在母亲安排下，去了天然气公司，倒是每天都在父母身旁，但也就此心灰意冷，虽然也结了婚，眼中再没有了当年的光芒。

婚后不久，李宝宝的第一个孩子出生了。但孩子三个月大时，查出了血小板减少性紫癜，四岁小腿骨折，十岁来例假，生长发育停止，需要先打生长抑制剂，再打生长激素，一个月需要八千元，十一岁又发现脊柱侧弯。而这次，老二又出现了生长发育问题……

工作中，好不容易有个领导赏识他，调他去当秘书，母亲一天到晚喊他回家，今天电灯坏了，明天水管堵了，后天门锁打不开了，总是一堆事儿需要他去处理。渐渐地，领导也对他有了意见。一次意外他腿骨骨折，等三个月后回来上班，发现岗位已经被别人顶替，从此在单位沦为边缘人。

中午我们一起吃饭，李宝宝说现在两个孩子的医药费一个月就要将近一万五，而夫妻俩的月收入加起来也就这么多，每天中午和晚上他都需要跑滴滴补贴家用。

其实不是李宝宝把一手好牌打烂了，而是从出生起，他就手握了一张大烂牌。我说：你要是跟英语老师结婚就好了，也不会有后面这些事儿。

李宝宝沉默良久说：其实我如果没这个妈就好了。

“模范”夫妻

阿焦给我打电话的时候，声音里充满了焦虑，一句话反复不停地说，一遍又一遍。因为她有轻度的抑郁症，我还不能挂她的电话，只能耐着性子听完。一个本来一分钟就能说完的事情，她说了二十分钟。

阿焦是我好朋友的妻子，我们很熟。她给我打电话是因为突然发烧、呕吐、疲惫，由于她刚接种完疫苗，怀疑是不是疫苗的问题，并且说自己办公室十几个人都出现了类似的情况，个别没接种过疫苗的，也有这种症状。这很明显和疫苗没关系，要么就是病毒性感冒，要么就是食物中毒。我给她解释，但她还是不停地重复那些话，我知道，她是想从我这儿得到一个肯定的回复。

下午，阿焦来了医院，直接去了急诊，说是中午之后出现了腹泻症状，同时尿液特别黄。做了尿检和B超后，发现已经有肾功能损伤，她同事也出现了类似症状，都去了邻近的医院。后来，食品药监部门介入，发现是食堂的厨师做午饭时，有一部分鲜姜发霉不舍得扔掉，就把发霉部分切了继续使用，其实整个鲜姜已经布满了肉眼不可见的霉丝，最后导致食物中毒。

阿焦前后住了七八天院，因为肾损伤比较麻烦，我朋友便将孩子托付给了父母，每天在医院陪阿焦。我偶尔过去，夫妻两人有说有笑。从我认识他俩开始，就未见他们吵过架。同学们都说，他俩要是结不了婚，就再也不相信爱情了。

他们是典型的贫贱夫妻，双方家庭都不好：朋友家是代县农村的，现在整个村只剩下三两户人家；阿焦家是长治县农村的，家中也是世代务农。毕业后，他俩租住在小马村一个民房中，朋友做电器生意，阿焦在某个事业单位，慢慢地买了房买了车，生活越来越好。

晚上快下班，朋友给我打电话问：晚上没事儿吧？一起吃个饭呗。我说：吃饭就算了，我请你喝两杯吧。我俩坐在一个小酒吧里，边喝边聊，慢慢上头。

朋友问，你对出轨这事儿怎么看？我说：无所谓吧，两个人一辈子，谁也不敢保证一直爱着一个人，人生苦短，万一有一两次，也能理解。他笑着说：那要是璐姐呢？我说：都是两个孩子的妈了，我肯定只能选择原谅。他说：那要是我出轨呢？我说：维护好现在的家庭，不要偷腥最后偷了个鱼塘回来，阿焦能受得了？

他说阿焦也一样，在外面跟一个男的不清不楚，她现在抑郁，很大程度上是因为不能在家里和外边平衡好关系。朋友说这些的时候，冷静得像一个机器人。

我说：这你都能忍了呀？他说：也不存在忍不忍，阿焦给我生了两个孩子，我自己也在外边有人，难道只许州官放火，不许百姓点灯？这种事儿看开了也就好了。说完，端起一杯酒一饮而尽。

第二天，朋友熬了粥给阿焦送来。因为长得特帅，小护士花痴一样地跟我说：王哥，你这朋友真好呀，人帅、多金，还这么疼媳妇，简直就是模范丈夫，以后我一定要找个这样的。

孟夫子抗病记

“孟夫子”是我们给孟浪起的外号，只因他饱读诗书，喜欢讲一些晦涩的典籍，写一些考据文章，所以朋友们都叫他“孟夫子”，简称“夫子”。

夫子有一天给我打电话，问我一条腿总不得劲，这该挂哪个科的号。我告诉他先到骨科看看，如果不是骨科疾病，他们会建议其他科室。来医院拍了放射片，做了核磁共振，显示是典型的腰椎间盘突出，压迫到了神经，但不严重。因为第二天夫子要参加一个学术讲座，医生建议他输甘露醇急速脱水，这样效果最快，但副作用可能引起肾功能不全。这只是医生常用话术，要将所有副作用向患者说明，尽管大多数副作用的概率极低。但我估计他只听到了“会引起肾功能不全”，所以最终拒绝了医生的建议。

这事儿我以为到此为止了，后来很偶然的机会我们一起吃饭，他说他最近练瑜伽，腰已经不疼了，还对我们骨科医生的医术提出了质疑。对于这种患者，我从不与他们争论，双方的语境和想法完全不在一个频道，小小的针锋相对只会引发更大的争论。

又过了段时间，夫子打电话问我针灸能不能治愈腰椎间盘突出。这个当然是可以有效缓解，但你要说治愈，又不是那么现实。他说自己练习了一年多瑜伽，腰椎间盘突出没犯，但最近那条腿感觉又有些不舒服，复查了一下，再次压迫神经。

后来夫子告诉我，针灸效果非常明显。估计那个针灸医生绝活在身，给他扎了几针火针，不到半小时就行动自如，他激动地给我打电话说祖国医学多么神奇。其实对于针灸我还是比较认可的，但无论什么医术都不是神技，中西医各有擅长，为了避免争论，我也只能说好。

差不多又过了半年，再次接到夫子电话，这次是吐槽，说这几天腿又有点不舒服，去找那个针灸医生，医生告诉他针灸也只能缓解，不会完全治愈。他说看了这么多中西医，居然一个腰椎间盘突出都不能完全看好，你们这些医院、医生除了赚钱，啥也解决不了。

后来，有人给夫子介绍了一个大同的推拿医生，准备当天下午去大同推拿。出于对朋友的关心，我提醒他一定要去正规医院，腰椎间盘突出虽然不是大问题，但要是推拿手法不正确，也是会出问题的。他说没事儿，朋友说了，好多人在推拿医生那儿看，“咔哒”一声，突出部分就推进去了。其实，中医的推拿手法和西医的正脊康复手法类似，都是通过手法松解脊旁软组织，调整偏移的椎体，恢复正常的脊柱序列，减轻关节压力，增宽椎间隙，从而使形变的椎间盘有所回纳或偏离脊髓神经，消除神经压迫，从而消除症状。但我一听这“咔哒”一声，基本就认定那个医生是骗子，给夫子解释了半天，但他还是执意要去。

晚上接到了夫子电话，他说正在救护车上，要来我们医院急诊。下午推拿时，夫子确实听到了“咔哒”一声，但是下地时两条腿都胀痛无力，甚至无法站立。推拿医生说这是正常反应，让他在床上躺了两个小时，可是依然无法站立，现在正救护车转运呢。

见到夫子时，他身板直挺挺地躺在救护车的平车上。旁边跟着诚惶诚恐的推拿“医生”，我问他：你是医生还是技师？他说他就是一个推拿的，啥证都没。

经过一番检查，我们的医生得知，夫子的椎间盘突出在他两年来锲而不舍的折腾下，早就达到了手术指征，这次推拿更加重了病情，也幸亏这个推拿师傅动作没有再重一点，要不真就瘫痪了。

又见阿妈

方主任的童年在青海度过，父亲从青海的部队调回了山西，他也回了山西。后来，方主任考上了北京大学医学院，毕业后其实有机会留北京，但为了以后方便照顾父亲，主动来了我们医院，在急诊科工作至今，如今已年近六十。

那天晚上我总值班，方主任带着一个八十多岁的老太太来到值班室，要借用一下办公室，让老人家在这儿输个液。我问：这是您母亲，还是亲戚？方主任说：都不是，就是一个患者，因为急诊那边实在没地方了，老人家又需要静卧，就安置你这儿吧。

按照规定值班室是不能安置患者的，因为很多值总值班的都不是医务人员，一旦有情况抢救不及时出了意外，双方都很麻烦。我说：方主任，你看不是我不让在这儿，但老人家安全问题…… 方主任说：没事儿，就是个低血糖晕厥摔倒导致外伤，低钠低钾，电解质紊乱，都在可控范围，在你这儿补点电解质就行。我问联系家人了没，方主任说已经给儿子打电话了，儿子在北京，又给姑娘打电话，姑娘在上班走不了，一会儿下班后来接。

老人看起来有些木讷，像只大虾一样佝偻着身子坐在床边打点滴。我和她聊天，虽然不顺畅，但能沟通。老人说儿子不管她了，儿子没去北京，就在家，她昏倒的时候儿子就在旁边站着，看着她昏倒，醒来的时候自己还在地上趴着，儿子回房间睡觉去了。姑娘也不管她，姑娘根本没在上班，就是不想管她，嫌她年纪大，不能给她洗锅做饭带孩子了，就是个累赘。

老人是方主任上午九点多送过来的，等到了下午五点多他准备下班了，又来值班室，家属还是没来。老人已经打完点滴，安静地坐在床上，给她饭她就吃，给她水她就喝，问她啥她答啥，其他时间一言不发。我说：方主任，你这个患者家属不一定来接。方主任说：我又打了四五个电话，子女、弟妹、外甥都打了，都推脱说忙，来不了。我说那就报警吧，让警察来处理。

驻院民警来了，以派出所的名义给家属打了几次电话，可是同样没有效果。方主任说：那我就安排个病房先住下吧，正好观察上一天，看别有什么其他问题。

晚上临下班时，我去病房最后看一下这个可怜的患者，并将具体情况交代给接班的同事。方主任还没有回家，他正在床前给老人一口一口地喂粥，异常仔细。喂完之后，我叫他到门口吸烟，问他怎么对这个老人这么好。方主任说，很多年前，他还在青海，那时年少顽皮，有一天跑到戈壁的海子里去游泳，一直玩到天黑。除了满天的星斗，夜晚的戈壁没有任何参照物，虽然离家只有八百米，但他弄错了方向，走进了戈壁深处。一直到第二天上午也没走出来，整个人几近虚脱。正绝望的时候，被外出寻找他的牧民们找到了，横放在马背上驮了回来。

回来后，他就再也没见过自己的阿妈，父亲和他说阿妈去执行保密任务了，一时半会回不来。半年后，他们全家从青海回了山西。等他上了高中，父亲才对他说：你的阿妈已经去世多年，在你走进戈壁的那天晚上，她到海子边找你，失足掉进海子里，她不会游泳，找到她时已经是三天以后了。

方主任说，如果自己阿妈还活着，应该和这个老人年龄差不多，印象中阿妈也是这么瘦小，坐着的时候也有些佝偻。

我这才知道方主任的过去。童年丧母，少年知晓了真相，而且这真相是如此残忍，是自己害得阿妈丢了性命，他该有多愧疚，多痛苦，对阿妈的思念该有多深。我能够想象得出，在此生的无数个夜里，他徘徊在过去的梦里，呼唤着阿妈的名字，寻找着阿妈的身影，有时如愿以偿，有时眼前茫茫。

后记

很多时候，其实是不愿意再翻这份书稿的，会想起很多不好的记忆。朋友说我写的都是阴暗面，阴暗面也是面，不能因为阴暗我们就忽视，无论我们是否去面对，深渊就在那里。也正是因为阴暗，这些往事才给我留下很深的印象。像那种父慈子孝、兄友弟恭的情况其实更多：患者来院就医，医生尽力，家属配合，该花钱花钱，该出力出力，这样的场景其实是临床的常态，否则医生每天不用忙着治疗了，处理各种医患关系的时间都不够用。

但也正是阴暗面的存在，才能够让我们正视内心的黑暗。我基本不去评价一个人的行为，因为我们不知道太多隐匿在表象后面的真实，比如《等待一个好未来》这篇里面，两个孩子虐待母亲，如果不是深入了解，我们并不知道母亲当年是如何虐待孩子。很多人和事，就是这样错综复杂。这也是为什么圣人要求我们“慎独”——关门那一刻，才知道自己是人是鬼，才知道内心到底在想什么。也不要说一些行为是不得已，每个人都有自己的不得已，再不得已，也需要对自己的行为负责。世界很幽远，但幽远不过人心，即使如星空，比起人心来说也如透明一般。

世间诸事，并没有那么多非黑即白，更多的是游走于灰色。比如文稿中的师生恋，我们不鼓励，但它事实上确实存在；比如未满18岁去酒吧，在我们那个年代是非常普遍的，大约这种事儿在此时此刻也并不是少数；比如“料子鬼”阿斌，我就认识他，但我无法去举报他，我知道我不对，我是怂货，但又有多少人不是怂货？我们无法活在一个事事符合行为规范或道德标准的世界。书稿中的很多情节我是做过处理的，一是为了符合主流价值观，另一方面也是为了让自己的内心能够得到一些慰藉，更重要的一点是想让大家能够看到一些光明，至少让我们面对深渊时，也能够心存那么一些光明，不至于太过悲伤。